LA NOiRE

LA NOiRE

LA NOiRE

NOiRE

LA NOiRE

LA NOiRE

LA NOiRE

LA NOIRE

LA NOIRE
LA NOIRE
OIRE
LA NOIRE
LA NOIRE
LA NOIRE

SÉBASTIEN RUTÉS

Mictlán

nrf
GALLIMARD

De ses quinze ans à enseigner la littérature latino-américaine à l'université, Sébastien Rutés garde cette idée de Jorge Luis Borges qu'il n'y a pas de meilleure biographie pour un écrivain que ses œuvres (et B. Traven ajoute : « sinon, soit ce sont les œuvres qui ne valent rien, soit c'est l'homme »). La biographie de Sébastien Rutés comporte six romans de genres très divers, dont un écrit à quatre mains et en deux langues avec un ami mexicain. Tout est dit pour qui sait lire entre les lignes.

J'avais l'impression qu'il était mort depuis longtemps déjà, et qu'il ne vivait encore que parce qu'il avait oublié qu'il était mort, parce que personne ne s'en était aperçu et personne ne l'avait prévenu.

B. TRAVEN

Le brouillard se répand sur nous ;
Que jaillisse donc la beauté des fleurs !

NETZAHUALCÓYOTL

Mictlán : en nahuatl,
« le lieu des morts »,
où les défunts accèdent à l'oubli
après un long voyage
à travers le monde d'en bas.

Les ruines d'une église couverte de tags obscènes, un cheval crevé sur le bas-côté, un bordel pour routiers abandonné, encore de l'essence pour quatre heures, peut-être cinq, et cette envie de pisser, mais les ordres sont formels : interdiction de s'arrêter ailleurs qu'aux stations-service pour faire le plein, et encore pas longtemps, ordre du Gouverneur à en croire le Commandant, Gros sait ce que ça veut dire, ça veut dire : si tu t'arrêtes, c'est pour toujours, si tu t'arrêtes pour pisser, autant creuser ta tombe sur le bas-côté au milieu des ordures, vu que bientôt tu ne vaudras pas mieux qu'une canette écrasée ou un reste de sandwich moisi ou un préservatif jeté par un camionneur qui a levé une putain dans un des bordels qui s'alignent le long de la route, autant creuser ta tombe et t'y coucher tout de suite, ça fera moins mal et ça durera moins longtemps, le Commandant ne l'a pas dit comme ça mais c'est ce qu'il voulait dire, on ne dit jamais les choses comme ça dans ce pays, d'ailleurs on ne dit jamais grand-chose, mais on sait se faire comprendre et on sait deviner ce qui n'est pas dit, question de survie, on dit : tout de suite, mais ça veut dire : je le ferai quand j'en aurai envie, va te faire foutre, c'est pas toi qui commandes, on dit : à vos ordres, mais ça veut aussi dire : va te faire foutre, à peu près tout veut dire va te faire foutre mais on ne dit jamais va te faire foutre, encore moins au Commandant, or s'arrêter pour pisser équivaudrait à dire va te faire foutre au Commandant et Gros n'a pas survécu jusqu'ici, avec tout ce qu'il a vu et tous ces connards qui ont essayé de lui faire la peau, pour signer son arrêt de mort à cause d'une envie de pisser, mais quand même, ça fait des heures, d'habitude quand l'un conduit l'autre peut pisser par la fenêtre, pisser voire plus, vu qu'on n'a le temps que de faire le plein pendant que l'autre court acheter à boire et à manger aux stations-service, et encore, sans s'éloigner du semi-remorque, manquerait plus qu'on le vole, le Gouverneur ne se contenterait pas de leur faire la peau si on lui volait son semi-remorque, c'est sûr, avant de filer tout droit en taule ou à l'étranger, parce que si on découvre le semi et ce qu'il contient, ce pauvre con de Gouverneur n'aura pas d'autre choix, tout gouverneur qu'il est, il va devoir filer en vitesse, alors il faut pisser par la fenêtre en faisant attention aux panneaux indicateurs, pas aux gens, les gens peuvent aller se faire foutre, tu leur pisses dessus, de toute façon on ne croise presque jamais personne, mais ça fait des heures que Vieux dort là-haut, ce pauvre con de Vieux, se dit Gros, qui n'arrête pas de gémir dans son sommeil, juste au-dessus de ma putain de tête, sûr qu'il rêve à sa fille, il rêve toujours à sa fille, alors il gémit et moi je dois supporter ça, comme si c'était pas assez, le semi et le Gouverneur et tous les autres là-derrière, comme si j'avais pas mes propres cadavres, moi, qui viennent aussi la nuit, là-haut sur la couchette, et ailleurs, partout, mes cadavres à moi, je veux dire ceux qu'on m'a tués et les cadavres que j'ai faits, tous mes cadavres à moi, la grande famille de mes putains de cadavres qui viennent la nuit me tirer par les pieds, alors les morts des autres..., Gros voudrait cogner à l'habitacle pour réveiller Vieux, qu'il arrête de gémir et prenne le volant pour que Gros puisse pisser par la fenêtre, mais il ne le fait pas, il ne le fait pas parce qu'il ne supporterait pas que Vieux lui fasse la même chose quand il dort, après ses douze heures de conduite, s'il fait ça, je lui fais la peau, c'est sûr, je lui fais la peau et je le balance dans le fossé avec les ordures, je vais pas pouvoir m'en empêcher et après il faudra que je continue tout seul, que je roule vingt-quatre heures sur vingt-quatre pour que ce con de Gouverneur m'envoie pas rejoindre ce con de Vieux et les canettes et les restes de sandwiches et les préservatifs dans le fossé, sur le bas-côté, alors faut pas que je le réveille si je ne veux pas qu'il me réveille, on dirait ce truc qu'on nous répétait à l'école, si on peut appeler comme ça la baraque de l'aveugle que Patron avait nommé instituteur pour respecter la loi, un paysan qui ne servait plus à rien depuis qu'il avait perdu la vue et qui ne savait même pas lire, mais Patron disait : quelle importance puisqu'il ne peut plus voir ?, l'important c'était de respecter la loi, alors ce pauvre con d'aveugle faisait de son mieux sans s'apercevoir que la moitié de ses élèves s'étaient barrés aider leurs parents aux champs parce que les familles crèvent de faim si les enfants ne travaillent pas, des fois il parlait même tout seul et disait des trucs comme : il faut pas faire aux autres ce que tu veux pas qu'on te fasse, mais Gros a compris en grandissant que c'est pas comme ça que ça marche dans ce pays, il faut être aveugle pour y croire, pas quand tant de gens veulent te faire la peau et que la seule façon de les en empêcher c'est de leur faire la peau avant, ils te font la peau si tu essaies de les raisonner, si tu leur expliques qu'il faut pas faire aux autres ce qu'on voudrait pas qu'ils nous fassent, ils te font la peau parce que la vérité c'est que ces connards-là s'en foutent de leur peau, vu la vie qu'ils ont, le genre de vie avec un sac en plastique sur la tête et du fil barbelé autour des poignets, une vie qui ne vaut rien, leur vie c'est la misère et la faim et la peur et jamais de respect, jamais de considération, personne qui s'intéresse à eux parce que tout le monde est trop occupé à survivre, c'est bien simple : celui qui s'intéresse à l'autre, il crève, c'est pas que ce soit grave, je viens de le dire, mais quand même, on s'habitue à survivre, va savoir pourquoi, mais quand on y pense vraiment, on se dit que c'est pas si grave, on voit tellement de gens qui se font faire la peau, depuis tout petit, tout le temps, on s'habitue à l'idée que ça va être notre tour, on voit tellement de cadavres qu'on se considère soi-même comme un cadavre à venir, un cadavre qui a pas encore réussi à devenir cadavre, un cadavre raté quoi, s'esclaffe Gros, un cadavre peut-mieux-faire, alors on sème des cadavres autour de soi pour se faire la main, pour s'habituer à devenir cadavre soi-même, pour ne pas se sentir seul, voilà comment ça se passe, alors ce truc qu'il faut pas faire aux autres ce qu'on voudrait pas qu'ils nous fassent, ça marche pas dans ce pays, parce que dans ce pays, ce que tu veux ou tu veux pas, personne n'en a rien à foutre : on veut pas être pauvre mais on est pauvre, on veut pas mourir mais on meurt, ça compte pas ce qu'on veut, c'est pour ça qu'on est fataliste, il paraît que c'est dans la culture, moi je crois que c'est plutôt qu'on est fatigué, à quoi bon tous ces efforts pour survivre, vu qu'on va y passer ?, on fait sa vie, on cultive une terre qui veut pas se laisser cultiver, on travaille d'arrache-pied, on tue des gens, mais on va mourir tout pareil, le Gouverneur comme tout le monde, sauf que lui peut faire travailler les autres, ordonner à Gros et Vieux de conduire vingt-quatre heures sur vingt-quatre pour sauver sa peau, pour pas finir en taule ou à l'étranger, ou dans un trou au fond d'un fossé, sur le bas-côté, parce qu'il faut pas se faire d'illusions, les fossés sont aussi pour les gouverneurs, c'est d'ailleurs la seule chose qui soit également partagée, on est tous égaux devant la mort, tout le monde se ressemble après quelques semaines en plein soleil au fond d'un fossé, à la différence près que le Gouverneur, lui, il pourrait comprendre qu'il faut pas faire aux autres ce qu'on veut pas qu'ils nous fassent, parce qu'il veut sauver sa peau, lui, il croit à l'importance de sa peau, pourtant il a vu autant de cadavres que les autres mais il n'en a pas tiré les mêmes conclusions, il n'a pas décidé que sa vie ne valait rien et que ça ne ferait pas beaucoup de différence si on lui faisait la peau, c'est ce que Vieux a dit à Gros, il y a deux jours, peut-être trois, difficile de savoir quand on conduit toute la journée sur les mêmes routes toutes droites, au milieu du même désert, avec la même ligne noire des montagnes de chaque côté, à écouter les mêmes chansons à la con à la radio, Vieux a dit : dans ce pays, on ne fait même plus la différence entre la vie et la mort, c'est pareil, personne n'imagine que la mort pourrait être pire que la vie, personne n'en a la moindre idée mais on n'a pas assez d'imagination pour imaginer quelque chose de pire, et de toute façon, plus rien n'est différent, ici, tout est pareil, tant de mort, ça rend tout pareil, les jeunes et les vieux, les hommes et les femmes, les bons et les méchants, et Gros qui n'écoute généralement pas beaucoup ce que Vieux dit, vu que Vieux parle tout le temps de sa fille, Gros s'est dit que, cette fois, il n'avait pas tort, que les bons et les méchants, c'est pareil, et d'un côté ça le rassure, mais le Gouverneur, lui, il ne se dit pas que tout est pareil, évidemment, c'est à cause de tout cet argent avec lequel il se paye ce qu'il veut, des femmes et des voitures de luxe et des piscines et tous ces gens à son service, lui pourrait se dire qu'il ne doit pas faire aux autres ce qu'il ne veut pas qu'on lui fasse, mais non, il sait bien qu'il faut tirer le premier, personne ne tend l'autre joue dans ce pays, tu donnes une claque et on te tue, voilà pourquoi il faut tirer le premier, c'est l'inverse : il faut faire aux autres ce que tu ne veux pas qu'ils te fassent, il faut faire aux autres ce qu'ils veulent te faire, le plus vite possible, avant qu'ils te le fassent, mais pas dans le cas de Vieux qui dort là-haut, parce qu'il ne s'agit pas de lui faire la peau, pas encore, Gros a besoin de lui pour ne pas se faire faire la peau par le Gouverneur, mais il sait que si Vieux le réveille juste pour une envie de pisser, il ne pourra pas se retenir, il fera une bêtise, il n'a jamais été bon pour se retenir, depuis tout petit, depuis le temps de Patron, même s'il a vieilli et a compris des choses, voilà pourquoi il conduit des poids lourds plutôt que de faire des trucs qui vous font mettre votre peau en danger, vendre de la drogue ou servir de garde du corps à un gouverneur ou faire la peau aux gens, parce que, finalement, il y tient, à sa peau, pas comme les autres connards, il se dit : je sais pas pourquoi j'y tiens, vu que je suis pas plus riche ni plus heureux que les autres, j'ai personne qui m'aime ni personne qui me respecte, encore moins maintenant que je conduis des poids lourds, avant je faisais peur, c'était au moins ça, on me respectait mais je risquais ma peau, moi aussi je vois toute cette mort autour de moi, je suis bien placé pour la voir, mieux que beaucoup, mais c'est comme ça, je tiens à ma peau, parce que j'en ai qu'une et que je suis pas persuadé que ce sera mieux de l'autre côté, ni même que ce sera pas pire, j'en sais rien, si ça se trouve il n'y a même pas d'autre côté, j'aurai l'air con une fois que j'y serai passé, on se dit que cette vie vaut pas la peine, on ne fait rien pour y rester, et tu vois pas qu'il y ait rien après ?, ou qu'après ce soit déjà ici ?, j'aurai l'air con, et j'aime pas avoir l'air con, c'est aussi simple que ça, c'est peut-être même pas une question de vivre ou de mourir, certainement pas de valeurs, non, c'est juste que j'aime pas avoir l'air con, c'est donc pour cette raison, peut-être uniquement pour cette raison, que Gros ne réveille pas Vieux, pour ne pas être réveillé à son tour et n'avoir pas à faire la peau de Vieux, parce qu'alors il ne pourra pas conduire le semi-remorque tout seul vingt-quatre heures sur vingt-quatre, il pourra tenir un jour ou deux en prenant des gélules d'amphétamines quatre par quatre avec du café, mais pas plus, le cœur tiendrait pas, alors le Gouverneur lui fera faire la peau avant de filer à l'étranger, et dans l'hypothèse où il n'existe rien après cette vie, ou que ce soit pire qu'ici, ce qui est probable même si c'est difficile à imaginer, alors Gros aura l'air con, et il n'aime pas ça, voilà à quoi pense Gros en conduisant : qu'il a envie de pisser mais qu'il va se retenir, parce qu'il ne compte pas mourir à cause d'une envie de pisser, alors il se concentre sur la route toute droite, un village comme un cimetière d'épaves, carcasses de tôle où dorment les chiens, flaques d'huile et enfants de cambouis, des gens les regardent passer depuis l'âge de pierre, l'asphalte appartient au futur, le semi-remorque à un monde qu'ils ne connaissent pas, nouvelle conquête venue de par-delà l'océan ou d'une autre planète, Gros monte le son de la radio, pas assez pour réveiller Vieux mais suffisamment pour ne pas l'entendre gémir à travers les rideaux de l'habitacle, parce qu'il n'y a rien de pire qu'un homme qui gémit, on s'habitue à la mort tout autour, à la violence, même à la cruauté, on finit par oublier, on ferme les yeux, on boit pour oublier, on se drogue, mais un homme qui gémit vous rappelle tout ça, il vous le jette à la figure, or personne ne veut penser à l'horreur tout autour, on oublie pour survivre, on est très content de ne pas penser, voilà pourquoi un homme qui gémit est pire que les morts et la violence et la cruauté, on oublie le mal mais pas le signe du mal, pas son langage, les vivants se taisent et les cadavres ne parlent pas, alors le mal doit s'exprimer autrement, en faisant gémir les hommes, des fois aussi on sent son odeur mais c'est autre chose, on a inventé les camions réfrigérés pour ça, ce sont les gémissements qui te rappellent ta faiblesse et ta lâcheté et comment tu te laisses aller au mal, comment tu cesses de lui résister, c'est ça le pire, pas le mal mais la faiblesse des hommes, les sanglots et les gémissements nous rappellent que le mal est là, pas seulement tout autour mais au fond de chacun d'entre nous, Gros voudrait se boucher les oreilles mais il a les mains sur le volant, Vieux gémit à cause de sa fille, Gros ne comprend pas qu'on gémisse autant pour une seule personne alors que le pays entier est couvert de cadavres, dessus et dessous la terre, dans les fossés, dans des barils au fond des rivières, au beau milieu du désert et partout ailleurs, alors un seul cadavre, quelle différence ?, parce que si, contrairement à la plupart des autres, Gros est capable de comprendre la valeur de sa propre vie, il ne peut pas, comme la plupart des autres, comprendre celle de la vie d'autrui, c'est trop difficile, la valeur de la mort est facile à comprendre : un mort c'est tant d'argent viré sur ton compte en banque, mais la valeur de la vie, c'est difficile à évaluer, Gros la soupçonne, pourtant, il y a quelque chose au fond de lui que les gémissements de

Vieux apitoient, quelque chose qu'il ne saurait pas nommer et dont il est surpris de ne pas vouloir se débarrasser, quoi ? moi ? n'importe quoi ! va te faire foutre !, mais non, il y a quelque chose là-bas au fond qu'il envie à Vieux, sans savoir quoi ni pourquoi, il se sent mal à l'aise avec ça, il serre le volant plus fort, non pas qu'il craigne de gémir lui aussi la nuit, il sait bien qu'il ne gémit pas, les putains le lui auraient dit, les putains veulent dormir pour oublier, pas discuter, pas s'apitoyer, qui s'apitoie sur notre sort à nous ?, elles n'ont pas besoin que tu leur rappelles la violence et la cruauté, non, si les gémissements de Vieux le font se sentir mal à l'aise, c'est au contraire parce qu'il sait qu'il ne gémit pas et que le quelque chose au fond de lui aimerait gémir, parfois, avoir une raison de gémir, une bonne raison rien qu'à lui, une fille disparue par exemple, non pas qu'il aimerait qu'on lui tue sa fille, c'est même pour cette raison qu'il n'a pas eu d'enfants, pas comme ce con de Vieux qui ne s'imaginait pas ça, comment peut-on ne pas s'y attendre dans un pays comme celui-là ?, Gros dit constamment : un pays comme celui-là, mais si ça se trouve c'est pareil ailleurs, il n'en sait rien, il n'a jamais voyagé, il n'a même pas vu la mer, les gens comme lui ne voyagent pas, alors comment ne pas s'attendre à ce qu'on fasse du mal à vos enfants dans un monde comme celui-là ?, Gros n'a pas eu d'enfants, personne ne leur a fait de mal mais il n'a pas non plus de raison de gémir, personne sur le sort de qui s'apitoyer, personne qui compte, voilà ce qui le fait se sentir mal à l'aise, il a abandonné sa mère et sa sœur et ne s'est jamais marié parce qu'il croyait que c'est une force de n'avoir personne, impossible de lui faire du mal autrement qu'en lui faisant la peau, sa peau à lui tout seul, et il sait comment se protéger, jusqu'à un certain point, disons plutôt qu'il sait comment se débrouiller pour que des gens comme le Gouverneur n'aient pas de raison de vouloir lui faire la peau, mais c'était avant ces gémissements, douze heures par jour depuis... combien de temps, déjà ?, difficile de savoir quand on conduit toute la journée sur les mêmes routes toutes droites, au milieu du même désert, avec la même ligne noire des montagnes de chaque côté, à écouter les mêmes chansons à la con, des chansons qui parlent d'amour dans un pays où personne ne sait plus aimer, à quoi bon les je t'aimerai toujours dans un pays où toujours signifie au mieux quelques années ?, à quoi bon les je mourrai par amour pour toi dans un pays où on meurt constamment pour tout et n'importe quoi ?, un regard de travers ou un mot de trop, Gros sait que la musique ne sert qu'à faire mieux descendre l'alcool et passer les kilomètres plus vite, à quoi d'autre ?, à faire pleurnicher une putain de temps en temps, tard le soir, à l'heure où les putains voudraient dormir pour oublier mais ne peuvent pas, la musique ne sert à rien, même pas à couvrir les gémissements de Vieux qui font tant de mal à Gros parce qu'ils rappellent toute cette mort autour et aussi qu'il ignore le prix de la vie, lui qui n'a personne à aimer, lui qui n'a aimé personne suffisamment pour gémir en dormant après sa mort, ou plutôt sa disparition, vu que ce pauvre con de Vieux ne veut pas croire à la mort de sa fille, le pays est couvert de cadavres mais lui garde l'espoir, voilà ce qui énerve Gros par-dessus tout, plus que les gémissements et plus que de ne pas pouvoir pisser par la fenêtre : cet espoir de Vieux, cet espoir qui fait encore plus mal que la vérité, parce que Gros sait qu'il n'y a pas d'espoir dans ce pays, que les espoirs finissent toujours au fond des fossés avec les canettes et les restes de sandwiches et les préservatifs jetés par les camionneurs, c'est pour ça qu'il a tout abandonné pour se reconvertir en chauffeur de poids lourds et qu'il ne peut pas pisser quand il veut, parce qu'il est un excellent chauffeur de poids lourds et aussi un homme d'expérience qui n'a pas froid aux yeux, c'est ce que lui a dit le Commandant : il paraît que t'as pas froid aux yeux, c'est pour ça que le Gouverneur t'a choisi pour conduire son putain de semi-remorque, connard, alors Gros conduit sans s'arrêter sauf pour refaire le plein aux stations-service, à travers toute la région, toujours dans le désert, le plus loin possible des villes, à tourner en rond sous le soleil comme si les routes n'étaient pas faites pour aller quelque part, à attendre que Vieux se réveille pour pouvoir pisser et ensuite prendre sa place sur la couchette et oublier, oublier, oublier.

Voilà à quoi est en train de penser Gros quand il entend remuer sur la couchette au-dessus de sa tête, c'est Vieux qui descend maladroitement, les effluves emplissent la cabine, aucun des deux n'a pu se laver depuis le départ, juste se frotter avec l'eau des bouteilles qu'ils achètent aux stations-service, Vieux n'aime pas ça, il descend maladroitement, torse nu, les cheveux gras, sans rien dire, il tombe pesamment sur son siège, baisse la vitre et se contorsionne pour pisser, longtemps, parce que ça ne vient pas, Vieux n'est plus tout jeune, la cinquantaine, peut-être plus, un âge où on ne devrait pas conduire un semi-remorque, encore moins pendant douze heures d'affilée, encore moins avec ce chargement-là, à la réflexion personne ne devrait conduire un semi-remorque douze heures d'affilée, à n'importe quel âge, et un semi-remorque avec ce chargement-là ne devrait même pas exister, mais c'est comme ça, il faut bien vivre, c'est ce que répète Vieux, Gros se dit que c'est une expression étrange, il faut bien vivre, c'est comme de dire : gagner sa vie, vu qu'un travail comme ça, ça vous tue, ça vous donne de quoi manger mais certainement pas de quoi vivre, on n'y gagne rien du tout, au contraire, on perd, on perd son temps, on perd sa santé, on perd sa jeunesse, on perd ses espoirs, si tant est qu'il en reste, c'est comme de dire : c'est la vie, on le dit en soupirant chaque fois qu'il nous arrive quelque chose qui n'a rien à voir avec la vie telle qu'elle devrait être, on se tue à la tâche : c'est la vie, on perd son travail : c'est la vie, les gens meurent : c'est la vie, ça peut paraître contradictoire mais pas dans un pays comme celui-là, pas dans un monde comme celui-là, où on s'est résigné à mourir, où on attend la mort, où on est un mort en sursis, un cadavre peut-mieux-faire, il y a une logique à vivre en se tuant..., un grognement interrompt les pensées de Gros, ça y est, ça vient, Vieux grogne en pissant, c'est comme ça que Gros sait que ça vient, vu qu'on ne peut pas entendre le bruit du jet par la fenêtre d'un camion lancé à pleine vitesse, ça doit se perdre quelque part, s'évaporer, ça ne doit même pas profiter au désert ces quelques gouttes acides, rien de bon ne peut sortir de ce camion, rien de fertile, rien que de la pisse et des ordures, d'autant que Vieux s'est rassis et a vu les détritus à ses pieds, les bouteilles vides et les restes de ce que Gros a mangé en conduisant les douze dernières heures, or Vieux n'aime pas ça : c'est pas du boulot !, encore une de ces phrases : il faut respecter son outil de travail, ce genre de conneries, comme si quelqu'un allait inspecter la cabine, comme si leurs ordres n'étaient pas de se cacher, de faire en sorte que personne n'approche de ce semi-remorque : tu ne t'arrêtes jamais, tu roules en attendant que je t'appelle, tu roules une semaine, tu roules un mois, tu roules dix ans si besoin, on s'en fout, tu roules tant que je t'appelle pas, et tu ne laisses personne approcher, même pas les flics, si les flics font chier, tu leur parles de moi, connard, jamais du Gouverneur, c'est clair ?, à aucun prix, tu m'entends ?, tu leur dis juste de voir avec moi, ça devrait suffire, mais s'ils insistent, tu m'appelles, et s'ils deviennent dangereux, vraiment dangereux, tu leur fais la peau et tu jettes leur cadavre dans un fossé, c'est le seul cas où tu as le droit de descendre de ce putain de camion ailleurs qu'à une station-service, c'est compris ?, et s'il y a des témoins, tu leur fais la peau aussi, tu les envoies rejoindre les autres dans le fossé, ou alors tu leur roules dessus, une fois, deux fois, tu avances, tu recules, jusqu'à ce qu'ils ressemblent à des animaux écrasés, je sais pas, moi, des coyotes, c'est ça, des putains de coyotes écrasés sur la route, pour qu'on ne puisse pas les identifier, voilà les ordres du Commandant, et il avait ajouté : mais tu ne mets pas leur cadavre à l'arrière, ne t'avise pas de faire une chose pareille, de toute façon tu n'ouvres pas les portes, jamais, en aucun cas, et si l'autre chauffeur essaie, tu lui fais la peau et tu le balances dans le fossé, je m'en fous, tu trouves un grand fossé pour tout ce monde, c'est pas les fossés qui manquent, tu en trouves un qui ne soit pas déjà plein des cadavres d'un autre, d'accord ?, et c'est pareil pour les narcos qui rançonnent les transporteurs ou les migrants qui voudraient se cacher à l'arrière en espérant que tu ailles vers la frontière, pour ceux-là tu ne t'arrêtes même pas, tu fonces et tu laves le pare-chocs à la prochaine station-service en expliquant que c'est du sang de coyote, mais le plus probable c'est que tu ne croises personne à part des coyotes, justement, on ne peut pas survivre dans ce désert, les gens sont partis depuis longtemps ou sont morts, on n'y va plus que pour se débarrasser de cadavres ou d'ordures, la moitié de ce pays n'est plus qu'un cimetière jusqu'à la frontière, une immense décharge à ciel ouvert, voilà à quoi Gros repense pendant que Vieux jette les bouteilles vides et les emballages et les rognures et les canettes par la fenêtre sans regarder, qu'est-ce qu'on en a à foutre ?, on n'attache même pas d'importance à la vie, alors la propreté..., à quoi ça sert d'être propre quand on est pauvre ?, ça ne donne pas à manger, ça n'apporte pas le respect, on a autre chose à penser, on passe sa journée à gagner sa vie, enfin, gagner sa vie..., on passe sa journée à travailler pour pas crever, le temps passé à ranger et à se laver c'est du travail en moins, de l'argent en moins, sans compter que les fossés sont déjà pleins de canettes écrasées et de restes de sandwiches moisis et de préservatifs usagés et de cadavres poussés là pour pas gêner la circulation, alors un peu plus un peu moins…, par contre Vieux tient à la propreté de sa cabine, Gros ne comprend pas pourquoi, Vieux transpire, ses cheveux sont gras, il se contente de verser un peu d'eau dans le creux de sa main et de se frotter sous les aisselles et dans le pantalon une fois par jour, il reste torse nu tout le temps pour pas salir son tee-shirt, il préfère salir le siège, Gros sent une sueur qui n'est pas la sienne poisser son dos quand ce n'est pas son tour de conduire, pareil là-haut, encore pire, dans l'habitacle étroit où Vieux gémit, la peur le fait transpirer, sueurs froides, il s'agite sur la couchette, se tourne et se retourne et pète aussi, parce qu'on n'apprend pas la politesse quand on est pauvre, ça ne rapporte pas plus que la propreté, et de toute façon, à part quelques phrases toutes faites répétées par des aveugles, on n'apprend rien dans ce pays, seulement à survivre, et il n'y a pas d'écoles pour ça, jusqu'au jour où on apprend une deuxième chose, plus tard : on apprend que ça ne vaut pas vraiment la peine de survivre, que tout ce qu'on a appris ne sert finalement à rien, la débrouille, les entourloupes, la méfiance, les sales coups, même l'égoïsme et la violence et la cruauté qu'on t'apprend pour te protéger, dès le plus jeune âge, ça ne sert à rien parce qu'en définitive être en vie ne vaut pas mieux qu'être mort, pas de différence, tant de mort rend tout pareil, voilà ce que rabâche Vieux, et Gros se dit qu'il n'a pas tout à fait tort, vu que la deuxième chose qu'on apprend va à l'encontre de la première, à quoi ça rime ?, autant ne rien apprendre du tout, comme les bêtes, comme les chiens qui cherchent leur nourriture dans les fossés et avalent tout ce qu'ils trouvent, sans se soucier de la propreté ni de la politesse, encore moins de la morale, aussi bien les rognures de sandwiches moisis que les bouteilles en plastique ou les cadavres, même les cadavres de chiens écrasés, les chiens mangent les chiens, c'est comme ça ici, on ne fait pas ce genre de distinction, les jeunes et les vieux, les hommes et les femmes, les bons et les méchants, les hommes et les chiens, c'est tout pareil, alors à quoi bon se laver ?, surtout qu'il va falloir recommencer demain, tous les jours, du temps perdu, de l'argent en moins, quelle importance ?, surtout maintenant qu'on m'a pris ma fille, Gros se dit : ça y est, il va recommencer, douze heures qu'il gémit là-haut à cause de sa fille, et maintenant il va se remettre à en parler, à peine s'il a pris le temps de pisser, Gros est épuisé, il se frotte les yeux, il gratte les trois petites larmes noires tatouées au coin de son œil droit, personne ne devrait conduire douze heures d'affilée, même pas quelqu'un comme lui, encore moins avec un chargement pareil et un vieux con qui gémit juste au-dessus de sa tête, sans compter son envie de pisser, alors il le dit à Vieux, il a envie de lui dire d'aller se faire foutre avec sa fille mais il ne le lui dit pas, en tout cas pas comme ça, d'abord parce que personne ne sait combien de temps ils vont devoir rester enfermés là-dedans tous les deux, combien de temps ils vont devoir se supporter sans s'entre-tuer, vu que si Gros tue Vieux il ne pourra pas conduire le camion tout seul vingt-quatre heures sur vingt-quatre, même avec les gélules vertes, et le Gouverneur lui fera faire la peau avant de filer se cacher à l'étranger comme un chien, et puis aussi parce que quelque chose au fond de lui a pitié de la souffrance de ce pauvre con, qui ne se lave jamais mais qui souffre à cause de sa fille disparue, de sa fille assassinée, plutôt, et ça les chiens ne le font pas, ils ne souffrent pas parce qu'on leur prend leurs chiots, ils n'en ont rien à foutre, des fois même ils les bouffent s'ils ont faim, les chiens sont comme ça, et ce chien de Gouverneur aussi est comme ça, mais pas Vieux, et ça, ça apitoie quelque chose au fond de Gros, voilà pourquoi il lui dit simplement : c'est ton tour de prendre le volant, il faut que je pisse, j'en peux plus, ce à quoi Vieux répond sans même le regarder : pourquoi t'as attendu, t'aurais pu t'arrêter, qu'est-ce que ça change ?, le voilà qui recommence avec son idée que tout est pareil, Gros se dit que ce pauvre con va lui faire avoir des ennuis, que s'il pouvait conduire tout seul le camion vingt-quatre heures sur vingt-quatre il ferait mieux de lui faire la peau tout de suite, avant que Vieux fasse une connerie, après tout qui sait ce qui vaut mieux ?, faire la peau à Vieux tout de suite et ne pas pouvoir conduire tout seul ou attendre que Vieux fasse une connerie ?, ça reviendra au même, le Gouverneur lui fera la peau dans un cas comme dans l'autre, la seule chose qui changera ce sera le fossé où on jettera son cadavre, or un fossé en vaut bien un autre, et vu qu'ils tournent en rond dans le désert ça pourrait aussi bien être le même fossé, si ça se trouve il y a un seul et unique fossé qui parcourt tout le pays, du coup Gros se dit que Vieux n'a pas tort, tout ça c'est du pareil au même, tout est pareil, les jeunes et les vieux, les hommes et les femmes, les bons et les méchants, les hommes et les chiens, un fossé et un autre fossé, rien ne ressemble plus à un cadavre en décomposition qu'un autre cadavre en décomposition, surtout quand les chiens ont commencé leur repas par le visage, ils commencent toujours par le visage, sans doute parce que c'est le meilleur morceau, ou alors le pire et les chiens s'en débarrassent d'abord pour garder le meilleur pour la fin, il y a des gens qui font ça, Gros se dit que ces gens-là n'ont jamais eu faim, la vraie faim, celle qui vous fait avaler tout en même temps, tout et n'importe quoi, encore une fois, le bon comme le mauvais, le mangeable comme l'immangeable, pourvu que ça nourrisse, pas de différence pour les pauvres, pas de bons et de mauvais morceaux, Gros se dit que ça commence à faire beaucoup, que la théorie de Vieux a l'air de s'appliquer à tout, mais alors pourquoi Vieux tient à retrouver sa fille ?, qu'est-ce que ça change ?, Gros ne comprend pas, c'est comme pour la propreté de la cabine, Gros soupçonne quelque chose mais ne comprend pas, et ça le dérange, il voudrait comprendre, mais pas question de demander à ce pauvre con qui ne se lave jamais et qui gémit dans son sommeil, on verra bien, Vieux retrouvera peut-être le cadavre de sa fille quelque part, ou même sa fille vivante, j'espère y être pour comprendre ce que ça a de si important, pourquoi c'est pas comme tout le reste, par conséquent il faut pas faire la peau à Vieux, même s'il va me faire avoir des ennuis, c'est sûr, même si Vieux vient de dire que Gros aurait pu s'arrêter pendant son sommeil et descendre pisser sur le bas-côté, après tout ils ont traversé des centaines de kilomètres sans croiser personne, mais le Commandant l'a dit et répété, il a bien insisté en regardant Gros droit dans les yeux, il a retiré ses lunettes fumées très lentement pour regarder Gros dans les yeux et a dit : tu ne t'arrêtes jamais, tu ne laisses personne approcher, même pas les flics, parce que ce que tu transportes là-derrière, c'est une bombe nucléaire, même pas de la nitroglycérine comme dans ce film à la con, une bombe nucléaire, et si elle explose, le putain de Gouverneur va filer tout droit sur la lune, pas en taule, pas à l'étranger, sur la lune, on va tous sauter, et tout ce putain de pays avec, et même le monde, parce que dans un monde digne de ce nom, personne ne transporte cent cinquante-sept cadavres dans un semi-remorque réfrigéré, tu m'entends ?, déjà, dans un monde digne de ce nom, il n'y a pas de pays comme celui-là, couvert de cadavres dessus et dessous la terre, dans des fossés, dans des barils au fond des rivières, au beau milieu du désert, et encore moins dans des semi-remorques réfrigérés parce qu'on ne sait pas où les entreposer, vu que les chambres froides des morgues et des hôpitaux et même des boucheries-charcuteries sont pleines, et les cimetières aussi, parce que la loi dit qu'on ne peut pas incinérer les victimes de morts violentes, tu sais pourquoi ?, pour conserver les pièces à conviction, connard, pour que personne ne dise : désolé, il puait trop, on l'a incinéré, tant pis pour votre enquête, rien à foutre de votre enquête, comme si les flics enquêtaient pour de vrai, comme si les coupables étaient punis, alors il faut conserver les cadavres des victimes de morts violentes, mais tu en connais qui meurent pas de mort violente dans ce pays ?, des qui s'éteignent tranquillement dans leur lit ?, des qui meurent de vieillesse ?, tout le monde meurt de mort violente, comment la mort pourrait ne pas être violente ?, alors les cadavres s'entassent comme des putains de momies dans des catacombes et il faut bien les conserver quelque part quand les morgues et les boucheries-charcuteries sont pleines, mais sans en parler tant que les élections ne sont pas passées, parce que le Gouverneur s'est fait élire en promettant qu'il allait mettre fin à la violence, que les gens vivraient en sécurité, qu'on pourrait sortir dans la rue avec ses enfants et revenir tous ensemble à la maison sans qu'il en manque un, ou deux, ou qu'on ne revienne pas du tout, il aurait aussi bien pu promettre la lune !, alors ces cent cinquante-sept cadavres-là tombent mal, tu comprends, connard ?, parce que le Gouverneur veut se faire réélire et que cent cinquante-sept cadavres mutilés, c'est pas bon quand on veut se faire réélire, c'est pas bon tout court, bien sûr, mais encore moins quand on veut se faire réélire pour continuer à gagner beaucoup d'argent et faire en sorte que d'autres gens continuent aussi à gagner beaucoup d'argent, des gens très dangereux dont les affaires dépendent de ce pauvre con de Gouverneur, voilà pourquoi il va se retrouver sur la lune si la bombe de ce camion explose, et finalement il ne s'en plaindra peut-être pas, parce que c'est sans doute le seul endroit où ces gens très dangereux dont les affaires dépendent de lui n'iront pas le chercher, tu as bien compris, connard ?, oh que oui, Gros a bien compris, Gros sait parfaitement comment marchent ces choses-là parce qu'il a travaillé pour des gens comme le Gouverneur et comme les gens très dangereux dont les affaires dépendent du Gouverneur, et même pour des gens comme le Commandant, toujours à faire la même chose, inexorablement : des cadavres, et à les enterrer dans des fossés ou au beau milieu du désert, c'est la raison pour laquelle il s'est reconverti en chauffeur de poids lourds, pour échapper à tout ça, à la grande famille de ses cadavres qui viennent le tirer par les pieds la nuit, mais maintenant qu'il n'y a plus de place et qu'on cache les cadavres même dans les semi-remorques, il lui faudra trouver autre chose, parce qu'il tient encore à sa peau, quelque chose au fond de lui y tient encore, voilà pourquoi il ne répond rien quand le Vieux lui dit : pourquoi t'as attendu, t'aurais pu t'arrêter, qu'est-ce que ça change ?, il lui passe tout simplement le volant, ils échangent leur place difficilement parce que Gros est gros, et Gros se met à la fenêtre pour pisser enfin, en faisant bien attention aux panneaux indicateurs, des chiens sortent leur museau noir d'une carcasse de cheval crevé pour le regarder passer, Gros se dit qu'il reste de l'essence pour quatre heures, peut-être moins maintenant, il va devoir se réveiller à la prochaine station-service, il ne pourra pas dormir ses douze heures d'affilée comme Vieux, c'est comme ça, des fois ça tombe sur l'un et des fois sur l'autre, ils se sont mis d'accord pour se réveiller, personne n'arrête ce putain de camion tout seul, personne n'en descend tout seul, il y en a un qui fait le plein pendant que l'autre se dépêche d'acheter à manger et à boire, Gros la main sur la crosse de son arme, jusqu'ici on a eu de la chance, tout s'est bien passé, mais Gros a remarqué comment Vieux regarde les portes quand il passe derrière la remorque, Gros sait à quoi Vieux pense : et si sa fille était là-dedans ?, Gros sait que Vieux essaiera d'aller voir tôt ou tard, et dans les deux cas, qu'il l'en empêche ou pas, Gros sera foutu, le Gouverneur lui fera la peau, alors pour oublier, oublier, oublier, pendant quatre heures, peut-être moins, Gros hisse sa grosse carcasse de gros sur la couchette sans rien dire et tire les rideaux.

Il n'y a rien sur les parois de la couchette, seulement un petit miroir qui reflète la lumière triste du plafonnier, aucune de ces photos de femmes nues que Gros s'attendait à trouver, après tout rien d'étonnant, une femme dans ce pays ne coûte pas plus cher qu'un magazine, à quoi bon les fantasmer sur papier si on peut les avoir contre un peu de nourriture ?, elles s'alignent au bord des routes, le long des fossés, sur les tables des bordels pour routiers, il n'y a qu'à choisir et puis en changer, pas comme les photos qui jaunissent sur le mur, qui se craquellent avec le temps, les femmes aussi jaunissent et se craquellent, mais ailleurs, avec d'autres, un jour on retrouve leur cadavre dans un fossé, sur le bas-côté, et d'autres femmes viennent les remplacer au bord des routes et dans les bordels, ou alors, s'est dit Gros la première fois, ils ont fait le ménage, les militaires ont fait le ménage dans le semi-remorque pour que personne ne puisse remonter jusqu'au Gouverneur, ils ont tout nettoyé, comme dans les films, ils ont effacé les empreintes digitales, ils ont limé les numéros de série, ils ont changé les plaques d'immatriculation, c'est comme ça que Gros a compris, dès le premier jour, qu'il ne fallait compter sur aucune aide, pas la peine d'appeler le Commandant si les flics font chier, personne ne décrochera, le numéro n'est sans doute pas le bon, le numéro n'existe certainement même pas, non, autant leur faire la peau tout de suite, sans perdre de temps à téléphoner, et si ça tourne mal, si on découvre ce que contient le semi, le Gouverneur passera à la télé pour dire qu'il n'en sait rien, qu'il n'a jamais entendu parler de ce camion-là, qu'il n'a jamais entendu parler d'aucun camion, encore moins rempli de cent cinquante-sept cadavres, que c'est une abomination, qu'il faut arrêter les coupables et les traduire en justice, c'est-à-dire Gros et Vieux, je ne les connais pas, je ne les ai jamais rencontrés, et ce sera vrai, les gouverneurs ne rencontrent pas les gens comme Gros et Vieux, et à ce moment-là, au moment où il passera à la télé, le Gouverneur aura déjà sa valise prête pour filer tout droit à l'étranger, ou en taule, ou sur la lune, et des militaires seront déjà sur les traces de Gros et Vieux pour faire disparaître les preuves, pour éliminer les témoins, c'est pour ça que tout doit bien se passer, qu'il faut que Gros fasse en sorte que tout se passe bien, malgré Vieux et sa fille, malgré les flics et malgré tout ce qui peut se mettre en travers du chemin d'un poids lourd rempli de cadavres, il faut rouler sans excès de vitesse sur des routes où un semi-remorque n'attirera pas trop l'attention, rester loin des villes, être attentif aux nids-de-poule pour éviter les crevaisons, toujours garder un œil sur les jauges et l'alimentation du compresseur, tu vois pas que la réfrigération tombe en panne ?, en pensant à ça Gros renifle, par réflexe, parce que l'habitacle fait une avancée au-dessus de la remorque, Gros sait que sous la couchette se trouvent cent cinquante-sept cadavres dans des sacs en plastique noir, il les a vus, une seule fois, au départ, le Commandant lui a dit : il paraît que t'as pas froid aux yeux, connard, c'est pour ça que le Gouverneur t'a choisi pour conduire son putain de camion, alors je vais te montrer ce qu'il y a là-derrière, une seule fois, et après tu ne touches plus jamais à cette putain de porte, c'est compris ?, est-ce que Gros avait déjà vu autant de cadavres ?, peut-être, on ne le payait pas pour les compter, il n'avait pas dit ça, il n'avait rien dit, à quoi bon les lui montrer ?, un tas de sacs en plastique noir, il aurait aussi bien pu les imaginer, pourquoi les lui montrer ?, Gros sait bien pourquoi : pour l'impliquer, tu les as vus, plus question de dire que tu ignorais ce que tu transportais au cas où les choses tournent mal, est-ce que le Commandant allait aussi ouvrir les sacs ?, comme si Gros ne savait pas à quoi un cadavre ressemble, comme s'il ne s'était pas reconverti en chauffeur de poids lourds précisément pour ne plus en voir, surtout que si ces cadavres sont là-dedans, c'est précisément parce qu'on ne peut pas les identifier, c'est la loi : on n'incinère pas les victimes de morts violentes, on n'enterre pas un cadavre sans l'identifier, et pourquoi on ne peut pas identifier ceux-là ?, parce que des gens compétents ont pris soin de les rendre impossibles à identifier avec toutes sortes de méthodes que Gros connaît bien, il les a toutes pratiquées, sauf de dissoudre les corps dans des barils remplis d'acide, ça ne s'improvise pas, il faut s'y connaître, tu vois pas que l'acide troue le baril ?, c'est pour les cas exceptionnels, pour les morts qui ne doivent pas être identifiés mais qu'on veut faire disparaître complètement, comme s'ils n'avaient jamais existé, il faut vraiment haïr quelqu'un pour vouloir le faire disparaître complètement, pas pour le tuer, il y a des tas de raisons de tuer qui n'ont rien à voir avec la haine, plutôt avec le fric ou la politique, on tue des tas de gens pour des raisons personnelles qui n'ont rien à voir avec la haine, la jalousie par exemple, ou la colère, même l'amour, bien sûr qu'on tue par amour, c'est une des plus absurdes raisons de tuer, comme s'il y en avait de plus absurdes que d'autres !, mais pour vouloir que quelqu'un disparaisse complètement, pour vouloir que personne ne se souvienne de lui, jamais existé, plus rien pour rappeler qu'il a été en vie avant d'être mort, rien même pour rappeler qu'il est mort, il faut beaucoup de haine, et il n'y a pas tant de gens dans le monde qui sont capables de haïr autant, qui ont des raisons de haïr autant, et encore moins de gens qui en ont les moyens, parce que ça coûte très cher de haïr autant, ça coûte cher de dissoudre quelqu'un dans un baril d'acide, plus cher que de le faire tuer, beaucoup plus cher qu'une putain dans un bordel pour routiers, non, cette haine-là, la haine qui pousse à dissoudre les gens dans des barils d'acide, elle coûte très cher, pas seulement du fric, d'ailleurs, elle se fout du fric, elle se fout de tout, rien ne peut arrêter cette haine qui te ronge de l'intérieur, elle dissout un par un tes organes, alors tu dissous pour ne pas être dissous, quelqu'un doit disparaître, une vie pour une autre, la haine a faim, on la gave de chair humaine, comme un chien méchant qu'on calme avec de la viande, tout pour ne pas se faire dévorer !, la haine plonge sa gueule dans la viande en vous surveillant du coin de son œil jaune, vous êtes tranquille tant qu'elle mange, elle ne vous mordra pas, mais ce chien-là ne mange pas n'importe quoi, la haine ne dissout pas au hasard, il faut avoir vraiment peur de quelqu'un pour le haïr autant, pour ouvrir sa porte à un animal comme la haine, pour tendre la main à une bête aussi féroce, comme ces gens qu'on retrouve dévorés par leur chien, ils vivent seuls avec un chien de garde par peur des voleurs ou de leurs voisins, un jour le chien se retourne contre eux sans qu'on sache pourquoi, les jours passent, le chien se repaît de leur cadavre avant de mourir de faim, mais Gros n'a jamais ressenti cette peur-là ni même travaillé pour des gens qui avaient si peur, alors il connaît d'autres méthodes plus simples et moins coûteuses pour rendre un cadavre impossible à identifier : le jeter aux porcs, par exemple, ces bêtes-là bouffent tout et commencent toujours par les bons morceaux, ou l'inverse, en tout cas ils dévorent toujours le visage en premier, mais il faut avoir des porcs et s'occuper d'eux, c'est sale, leurs déjections attaquent même le métal des enclos, il faut récurer souvent si on ne veut pas que les porcs s'échappent, et on ne veut pas parce qu'ils pèsent très lourd et font beaucoup de dégâts, sans compter qu'ils sont méchants, ils vous mordraient, surtout s'ils sont habitués à la chair humaine, je sais pas si tous les porcs mordent ou seulement ceux qui ont été nourris à la chair humaine, c'est comme s'ils étaient accros, est-ce qu'il y a vraiment une addiction à la chair humaine comme à l'alcool ou aux drogues ?, j'en sais rien, c'est possible, en tout cas les porcs vous mordraient, pas de différence entre les vivants et les morts pour eux, la même chose, encore une preuve que Vieux a raison même si les porcs n'ont pas ce genre d'idées, ils ne pensent pas à la vie et à la mort, c'est seulement qu'ils ont faim, la viande c'est de la viande, les vivants et les morts, les putains debout sur le bord de la route ou mortes au fond des fossés, sur le bas-côté, ça fait réfléchir quand même, d'ailleurs je dis les porcs mais c'est pareil avec les chiens, on peut même les entraîner, et puis bien sûr, il y a les décapitations, le plus simple et le plus rapide, pas besoin de technique comme pour l'acide ni d'installations comme pour les porcs, on coupe la tête et on la jette quelque part, les mains aussi si on veut bien faire, dans un fossé ou au fond d'une rivière pour que ça se décompose plus vite, ou on les donne aux porcs si on en a, et on jette le corps ailleurs, ça ne demande qu'une machette et une voiture, tout le monde a ça, tout le monde peut le faire, c'est comme pour le semi-remorque : il suffit d'enlever les plaques et les numéros de série, et même si on retrouve les morceaux il faut du temps pour les recomposer, personne n'a autant de temps, tout le monde est occupé à survivre, on ne s'intéresse déjà pas à l'autre de son vivant, alors mort…, non, c’est très rare de recomposer un cadavre, parfois ceux des gouverneurs mais pas ceux des gens comme Gros, et puis finalement, si on n’a ni acide, ni porc, ni machette, il reste le désert, laissez la nature s’en charger, la nature fait ça dans ce pays, dans ce monde, elle rend les gens impossibles à identifier, les bêtes sauvages dévorent le visage des cadavres abandonnés dans le désert, le meilleur morceau, ou l’inverse, tout un tas de prédateurs, de charognards, des lézards et des insectes gros comme le poing qui pondent sous votre peau et continuent à vous ronger longtemps après votre mort, cercueil ou pas cercueil, qui a droit à un cercueil à part les gouverneurs ?, les insectes rongent tout, la chair, les os, le bois, tout retourne à la terre, la poussière à la poussière, tout pareil, et si c’est pas les animaux c’est le soleil qui brûle et la terre qui dessèche, parce qu’un corps c’est de l’eau, presque rien que de l’eau, l’aveugle a expliqué ça une fois, ça fait réfléchir, Gros n’a jamais vu la mer mais il a vu des lacs, des rivières, des marais, l’eau n’est jamais différente, plus ou moins sale, plus ou moins stagnante, mais pas différente, alors si l’eau est toujours la même, pourquoi les gens qui sont composés presque uniquement d’eau seraient différents ?, c’est logique, et toute cette eau dans nos corps, le désert en a besoin, c’est comme ça que Gros voit les choses, l’homme possède quelque chose que le désert veut, Gros s’imagine le désert comme un lézard monstrueux qui repose au soleil, les yeux fermés, immobile jusqu’au moment d’attaquer, on foule sa peau sèche, les plaines écailleuses, les montagnes de ses épines dorsales, caméléon funeste du paysage, poussiéreux de patience, à l'affût millénaire, on sent une présence, un souffle fossile, le flux souterrain d'un sang glacial, on n'imagine pas qu'il y a quelque part une tête, des crocs, que le lézard a soif, qu'il rêve peut-être de mers ancestrales, qu'il digère longuement ses dernières proies et qu'il aura bientôt faim de nouveau, voilà pourquoi les corps restés longtemps dans le désert ne sont pas identifiables, la nature les a bus, les a digérés sans laisser rien d'autre que ce qui reste après la digestion, et personne n'a envie d'aller farfouiller là-dedans, mais ça prend du temps, la nature digère lentement, macération de sucs, rumination, lente assimilation, le désert n'est pas pressé comme les gouverneurs, personne ne l'enverra jamais en taule ou à l'étranger, d'ailleurs la digestion commence bien avant, déjà du vivant des cadavres, cette nature-là rend tout le monde pareil, impossible à identifier, parce qu'elle ne les nourrit pas comme il faut, au contraire, elle les affame, elle les dessèche, ils travaillent à s'en crevasser le visage, aussi crevassés que le sol qu'ils travaillent, lui ressemblent déjà avant de retourner à la poussière, même couleur de désert, même silence, rien à l'horizon, pas de joies ni de tristesses, pas de goûts ni de désirs, des blocs de terre qui s'effritent au moindre contact, des cactus tout tordus qui rampent à la recherche d'un peu d'humidité, des cailloux polis par le vent, éclatés par la chaleur, des brisures de vie, alors à quoi bon ouvrir les sacs ?, tout le monde pareil, avant et après, mais le Commandant n'a pas ouvert les sacs, seulement insisté pour lui montrer le chargement, rien à faire quand ces gens-là insistent, surtout pas les contredire, le

Commandant se trouverait un autre chauffeur à qui montrer cent cinquante-huit cadavres, et j'aurais gagné quoi ?, alors Gros a fait oui de la tête comme si le Commandant en avait quelque chose à foutre de son opinion, le Commandant a ouvert ces portes d'un blanc immaculé, numéros de série limés, plaques d'immatriculation changées, décapés les logos de la compagnie de transport de viande réfrigérée, carrosserie repeinte, rutilante, superbe, un semi-remorque presque trop beau, blancheur suspecte dans un pays où personne ne se soucie de propreté, qu'est-ce que ça rapporte ?, dans le cas présent ça rapporterait beaucoup si le semi-remorque passait inaperçu, ce con de Gouverneur pourrait se vanter de son excellent bilan en matière de sécurité, on le réélirait et beaucoup de gens très dangereux dont les affaires dépendent de lui continueraient à gagner beaucoup d'argent, voilà pourquoi les cadavres sont allongés les uns à côté des autres, bien rangés, empilés sur plusieurs couches, pas pendus à des crocs de boucher comme Gros l'imaginait, les choses ont été bien faites, proprement, méticuleusement, ce qui prouvait bien que ce semi-remorque avait quelque chose d'exceptionnel, parce qu'en général on balance tout en désordre, par manque de temps et par manque d'intérêt, qu'est-ce qu'on y gagne à faire les choses comme il faut ?, ni respect ni argent, alors c'est comme la propreté et la politesse et la morale, on n'en a rien à foutre, ça n'aide pas à survivre, d'ailleurs est-ce que ça vaut vraiment la peine de survivre, au bout du compte ?, et la vue de ces cent cinquante-sept cadavres bien rangés dans leurs sacs en plastique noir bien propres, tous pareils, alignés, parallèles, avait frappé Gros, mais pas comme il s'y attendait, non, pas comme s'ils pendaient tout sanguinolents à des crocs de boucher, au contraire, Gros n'avait jamais rien vu de si bien rangé, propre, aligné, parallèle, de toute sa vie, il s'était dit : si ça se trouve, ces cadavres sont la seule chose en ordre dans le chaos du monde, et c'est pas normal de ressentir cette impression d'harmonie devant tant de morts, ça devrait être l'inverse, une anomalie dans un monde bien ordonné, mais non, sans compter que ces cent cinquante-sept cadavres bien rangés dans leurs sacs en plastique noir tous pareils, bien au frais, ne sentaient rien, aucune odeur, pas plus au moment où le Commandant a refermé les portes que quelques jours plus tard, quand Gros a hissé sa grosse carcasse de gros sur la couchette sans rien dire et tiré les rideaux et reniflé, par réflexe, parce que l'habitacle fait une avancée au-dessus de la remorque et que sous la couchette sont alignés cent cinquante-sept cadavres dans des sacs en plastique noir, Gros ne sent rien d'autre que la sueur de Vieux et aussi les relents du sperme de tous les chauffeurs qui se sont tapé sur cette couchette des putains levées dans un des bordels qui s'alignent le long de la route, à perte de vue, à l'infini, bouchant l'horizon des deux côtés, avant que ce semi-remorque soit réquisitionné pour y aligner les cadavres au-dessus desquels Gros s'endort.

Et c'est parce que les cadavres sont si bien rangés, alignés, parallèles, qu'il ne faut pas rouler trop vite, pas seulement pour ne pas attirer l'attention des flics ni crever un pneu mais surtout pour ne pas déranger ce bel alignement, toute cette belle organisation, le dernier refuge d'ordre et de propreté dans le chaos du monde, cette sensation d'harmonie que Gros a ressentie quand le Commandant a ouvert les portes, il faut la préserver, pas pour le Commandant ni pour le Gouverneur ni même pour éviter qu'on lui fasse la peau, plutôt parce qu'il en ressent le besoin, au milieu de tant de mort et de destruction : dans un monde où personne n'a d'importance, il y a cent cinquante-sept cadavres bien rangés, alignés, parallèles, dans un camion bien propre, d'un blanc immaculé, suffisamment important pour ne devoir jamais s'arrêter, voilà ce qui fascine Gros, il se sent responsable de quelque chose, fier d'avoir été choisi pour conduire ce camion bien propre, bien frais, sur une route étroite dans ce désert qui ressemble à une peau d'animal malade, pelée, galeuse, grattée jusqu'au sang et couverte de plaies jusqu'à l'horizon, une route bien droite et bien lisse, qui scintille au soleil, que le soleil et le désert s'acharnent à dissoudre au loin comme ils dissolvent les cadavres, mais qui résiste, qui survit, malgré les nids-de-poule et les ordures qui menacent de déborder des fossés sur le bas-côté, une route en forme de destin, un peu plus étroite chaque matin, d'invisibles grains de sable la grignotent, mais têtue, sûre d'elle, fidèle à elle-même, une route qui a de l'expérience et qui n'a pas froid aux yeux, et pourtant Gros et Vieux ont beau rouler prudemment, sans coups de frein, sans coups de volant, en évitant les nids-de-poule, eh bien les cadavres bougent malgré tout, ils se balancent dans le tangage de la remorque, roulis de cale par temps calme, Vieux à la barre, les yeux sur le cap, un chenal entre les écueils, un horizon d'épaves, monde submergé, fond d'océan au grand jour, Vieux pilote le dernier navire qui n'a pas coulé, l'arche de Noé du monde civilisé, et Gros dans l'entrepont, maître d'un équipage de survivants résignés à couler, le naufrage bien mérité, voilà comment se balancent les cadavres au début, comme dans des hamacs en plastique noir, mal de mer, fond de cale, à attendre de basculer dans le vide sur le rebord du monde, jusqu'à ce que l'un des passagers se redresse dans son sac comme s'il avait oublié une dernière chose avant de sombrer, va vers l'habitacle d'un pas décidé, le sac s'ouvre et Gros le reconnaît, ce cadavre-là a encore sa tête même si elle est fendue derrière, c'est Patron, Gros ignore son vrai nom, on ne l'appelait que Patron, sa mère qui travaillait pour lui l'appelait Patron, Patron leur louait une cabane sur un coin de ses terres, une toute petite cabane en moellons avec un toit en tôle, une seule pièce au sol en terre battue, très loin de sa maison à lui où la mère de Gros allait tous les matins faire le ménage, deux heures à pied aller, deux heures à pied retour, au moins elle travaillait et ils avaient un toit et un tout petit jardin où cultiver de quoi survivre, car le salaire de la mère de Gros ne suffisait pas à les nourrir tous les trois, elle et Gros et la petite sœur de Gros, alors Gros travaillait aussi pour Patron, à faire un peu de tout, vu qu'il ne savait rien faire, surtout des travaux de force, lui qui n'en avait pas beaucoup, travaux des champs, bois à couper, toujours pas assez pour les nourrir tous les trois, alors la petite sœur de Gros accompagnait leur mère pour travailler aux cuisines, passer le balai, sortir les poubelles, et Patron l'a engrossée, ce sont des choses qui arrivent, personne pour s'en plaindre, et puis à qui ?, les premiers policiers à deux jours de marche, payés avec l'argent de Patron ?, tout ça pour perdre son salaire et la cabane en moellons et probablement la vie, non, Gros n'avait rien dit, pour quoi faire ?, ils avaient toujours connu ça, les droits des plus forts et les devoirs des plus faibles, un destin face aux rigueurs du désert et à la violence des riches, mais Patron n'a pas accepté que la sœur de Gros arrête de travailler pendant sa grossesse, Patron n'a même pas voulu leur prêter une autre cabane plus près de sa maison, alors la sœur de Gros a continué de marcher deux heures le matin et deux heures le soir et a perdu le bébé, et Gros a planté sa hachette dans le crâne de Patron par-derrière, parce que tout est peut-être pareil, le bien et le mal, les vivants et les morts, les vivants sont déjà morts et les morts ne valent pas mieux que les vivants, mais ceux qui ne sont pas encore nés n'y sont pour rien, pas eu le temps de se laisser aller au mal, par faiblesse ou par lâcheté, les fœtus sont seuls innocents, pas pour longtemps, quelques années, un peu de faiblesse ou de lâcheté, parfois juste de l'inattention, on se retrouve avec le mal dedans, comme engrossé par Patron, ce sont des choses qui arrivent dans ce pays, qui arrivent même tout le temps, et une fois le mal dedans, il y reste, comme les œufs des insectes sous la peau, voilà le destin des gens dans ce pays : Patron et les insectes qui pondent leurs œufs sous la peau et les porcs et les fossés, Gros le sait aujourd'hui, à l'époque il l'ignorait, ne pensait pas à ça, il a seulement vu le fœtus avec ses yeux fermés pour ne pas voir le mal et ses petites mains crispées autour de rien du tout, sa mère lui a expliqué que le bébé irait dans un endroit où le lait coulait des arbres mais Gros ne l'a pas crue, déjà à l'époque il ne croyait pas à la consolation des au-delà, il n'a pas pu se retenir, Gros n'a jamais été bon pour se retenir, Gros a planté la hachette qu'on lui louait pour couper du bois, on ne la lui prêtait pas, non, on la lui louait, aussi la cabane avec son toit en tôle, on déduisait le prix de la hachette de son salaire, la hachette émoussée plantée dans le crâne de Patron par-derrière et Gros qui court droit devant lui, jamais revu sa mère ni sa sœur, que sont-elles devenues ?, les lois de Patron : une main coupée aux voleurs, la pendaison pour les récidivistes, les corps qui pourrissent aux arbres en guise d'avertissement, pour ne pas oublier, l'inverse de ceux qu'on dissout dans des barils d'acide pour les faire disparaître complètement, comme s'ils n'avaient jamais existé, qu'il ne reste plus rien pour rappeler qu'ils ont été en vie avant d'être morts, rien même pour rappeler qu'ils sont morts, non, au contraire, personne ne devait oublier comment Patron traitait les voleurs, alors pour avoir fait la peau de Patron, quel châtiment ?, Gros n'a jamais su pour sa mère et sa sœur, mais son châtiment à lui remonte la remorque d'un pas décidé, un pas de Patron, le bel alignement brisé, la faillite de l'harmonie : toute la rancune accumulée, tout un passé de sœurs violées, de fœtus enterrés entre les racines d'un arbre qui ne donne pas de lait et de crânes fendus par-derrière, voilà Patron qui vient tirer Gros par les pieds, Gros ne fuit plus comme il a fui, couru droit devant lui jusqu'à rencontrer ces enfants de son âge, réfugiés dans un chantier à la sortie de la ville, en fuite d'autres Patron, meute abandonnée, enfants sauvages, chiots jetés à l'eau dans des sacs, retournés au coyote, qui ont roué Gros de coups, tous ensemble, en cercle, pour s'assurer qu'il méritait la horde, suffisamment de souffrance et assez de colère en lui, pas froid aux yeux, et Gros préférait les coups plutôt que fuir tout seul droit devant lui, debout au milieu du cercle, contracté son corps déjà gros, ses muscles de travaux de force, le temps que les coyotes passent leur souffrance sur lui, leur colère et leur solitude, à coups de griffes et à coups de crocs, et comme il vivait encore à la fin, encore conscient, couvert de sang, incapable de bouger mais conscient, ils ont dit : tu n'as pas froid aux yeux, tu as passé la première épreuve, encore une et tu seras des nôtres, après quoi ils l'ont soigné, ont léché ses plaies, volé de la nourriture pour lui, mais une fois sur pied, ils lui ont donné une arme et montré une photo : voilà à qui tu dois faire la peau, un adolescent brun avec une boucle d'oreille, à peine plus âgé que Gros et dont il n'a jamais su le nom, ni avant ni après lui avoir fait la peau, n'a pas su non plus pourquoi, probablement une histoire de territoire ou de drogue ou de jalousies d'homos, la vie de la meute, quelle importance ?, tant de gens se faisaient faire la peau pour tout et n'importe quoi, un regard de travers ou un mot de trop, la vie ne vaut rien, les raisons de la perdre encore moins, rien à foutre !, l'adolescent brun avec une boucle d'oreille : quelle importance ?, tout ce qui compte c'est ce qui t'arrive à toi, voilà ce que l'aveugle n'avait pas expliqué à Gros, ce qu'il était sur le point d'apprendre : rien à foutre des autres, comme s'ils existaient pas, il y a que toi et ce putain de désert, tout ce qui compte c'est ta peau, et encore, jusqu'à un certain point, mieux vaut pas trop t'y attacher, Gros avait rigolé : comment on fait pour pas s'attacher à sa peau vu qu'on est coincé dedans ?, il y a un moyen de la détacher, peut-être ?, et les gamins ont répondu : oui, plein, mais tu veux pas les connaître, pas encore, plus tard Gros a appris ces moyens et ça ne l'a plus fait rigoler, mais l'idée qu'on s'attache à sa peau vu qu'on est coincé dedans lui est restée, contrairement à tous ces connards qui s'en foutent de leur peau, avec la vie qu'ils ont, sac en plastique sur la tête et fil barbelé autour des poignets, une vie qui ne vaut rien, une vie de misère et de faim et de peur, sans jamais de respect ni de considération ni personne qui s'intéresse à eux, et Gros tient encore à sa peau aujourd'hui, malgré la théorie de Vieux, surtout qu'elle ne marche pas vraiment cette théorie, en fin de compte, parce que Vieux veut savoir ce qui est arrivé à sa fille exactement comme Gros s'est demandé pourquoi l'adolescent brun avec une boucle d'oreille, c'est rassurant qu'on se pose encore des questions, mais à l'époque Gros ne voulait qu'une chose : ne plus fuir tout seul droit devant lui, alors il a pris l'arme et la photo et a retrouvé cet adolescent qui, en ce moment même, remonte vers l'avant de la remorque pour le tirer par les pieds, avec son gros trou au milieu du visage parce que Gros a tiré à bout portant, un peu par en dessous vu qu'il était plus petit, devant pour se prouver qu'il n'avait pas froid aux yeux, à moins d'avoir déjà ressenti à cette époque-là le besoin de rendre ses cadavres impossibles à identifier, pas par peur d'être retrouvé mais parce que Patron avait planté en lui une graine de haine qui ne demandait qu'à germer, qu'est-ce qui pousse d'autre dans ce désert ?, dans ce pays ?, dans ce monde ?, sur un tel terreau de cadavres..., la haine en fleur et une larme tatouée au coin de son œil pour premier pétale, et puis deux autres, ébauche de marguerite macabre : un peu, beaucoup, passionnément, la fleur des morts, avant de partir tenter sa chance ailleurs, la meute décimée par des meutes rivales, les loups entre eux, d'autres larmes noires tatouées au coin d'autres yeux, deux larmes pour deux sacs noirs que Gros voit gigoter à travers le gros trou au milieu du visage de l'adolescent brun avec une boucle d'oreille, deux gros vers dans la terre fraîchement retournée de ses souvenirs, larves de limon, vers à viande, lombrics de cimetières, luisants de terre grasse, bouffis de mort, la grande famille des cadavres de Gros grouille tandis qu'il retourne le passé en cauchemar, les torturés, les décapités, à tâtons pour le tirer par les pieds, jusqu'au dernier qui se lève, sac délicat, cadavre timide, retire le plastique noir comme une robe moulante, sensualité macabre, hideux strip-tease, relents de bordels pour routiers, rêves de magazine, filles déjà mortes qui font la pute pour vivre, pole dance autour d'une croix, des billets dans le string comme à la quête, toute langue dehors pour la consécration, la fermeture éclair du sac en plastique noir glisse langoureusement, une main en sort, petite main à la peau claire, sans faux ongles ni vernis, une petite main toute simple, Gros devine que ça va être un strip-tease bien triste, la fille va perdre bien plus que ses vêtements, elle a déjà perdu tout ça, Gros la regarde s'extraire du sac en plastique noir, chrysalide sans renaissance, pas de deuxième chance dans ce pays, dans cette vie, une fois qu'on est mort on est mort, et la fille est morte, papillon sépulcral aux ailes de plastique noir, le cadavre d'une adolescente menue, peau claire, grands yeux, le genre de fille qui ne mérite pas de finir dans un sac en plastique noir, quelqu'un le mérite ?, oui !, de la chair à plastique noir, de la pâtée pour porcs, de l'engrais de désert : le Gouverneur, le Commandant, même moi, qui conduis leurs camions, qui surveille leurs morts, par faiblesse et par lâcheté, moi qui roule sur la même route depuis Patron, avec la grande famille de mes cadavres aux trousses, l'adolescente regarde Gros d'en bas, depuis son coin au fond de la remorque, cadavre timide, morte sans exigence, qui n'essaie pas de monter sur la couchette pour le tirer par les pieds, voilà comment Gros comprend qu'il ne la connaît pas, elle n'est pas à lui, n'appartient pas à la grande famille, Gros la détaille attentivement : ni crâne fendu, ni trou au milieu du visage, ni plaies et brûlures, ni marques de torture, cadavre à part, morte rare, en lévitation quelques centimètres au-dessus des cadavres, les mains refermées sur quelque chose de noir, on ne dirait même pas un cadavre, on n'arrive même plus à faire la différence, voilà ce qui fait gémir Gros sur la couchette : notre destin de cadavre, le même pour tous, tout pareil, même ces papillons, ces gens qui flottent au-dessus du désert, sans accrocher leur robe aux épines, sans fouler le pays au pied, jusqu'à ce qu'un jour la langue venimeuse du lézard les happe en plein vol : le même destin de lézards et de porcs et de chiens que les autres, la fatalité de plastique noir, l'ignoble égalité, tous pareils, tous mauvais, tous mortels, toute cette horreur qui saute au visage de Gros comme un porc, comme un chien, tout ce qu'il voulait oublier, oublier, oublier, Gros comprend pourquoi Vieux gémissait maintenant qu'il a sa fille en face de lui, qu'est-ce qu'elle fait dans son cauchemar ?, Gros voudrait savoir ce qu'elle tient entre les mains, la chose noire entre les doigts clairs, elle s'avance et c'est le moment que choisit Vieux pour cogner à l'habitacle et réveiller Gros, alors la fille de Vieux rentre dans son sac en plastique noir pour retourner s'allonger à côté de Patron avec son crâne fendu à l'arrière et de l'adolescent brun avec sa boucle d'oreille, à côté des torturés et des décapités, mais Gros n'a pas envie de faire la peau à Vieux qui l'a réveillé après seulement quatre heures de sommeil, peut-être un peu moins, parce qu'il sait qu'on est arrivés à la station-service et qu'ils se sont mis d'accord : personne n'arrête ce putain de semi-remorque tout seul, personne n'en descend tout seul, mais aussi et surtout, surtout, parce qu'il a soudain l'impression de le comprendre.

L'aube se lève. À l'horizon, le soleil enflamme les buissons. Le vent fleurit leurs épines d'ordures. Ménage matinal de Dieu. Un coup de frais, toutes fenêtres ouvertes. Le désert mis à aérer. Bientôt, la poussière retombera sur le monde mais, à cette heure, on peut encore croire. Vieux et Gros contemplent ce printemps. Ce ciel-là ne semble pas peser encore trop lourd. Même le soleil a l'air tout neuf, un soleil différent de la veille. Ils s'étirent, fléchissent les jambes, inspirent l'air avant qu'il brûle. Ils font quelques pas et pissent ensemble, sans dire un mot, tentés de fermer les yeux pour mieux profiter de cette éphémère liberté.

Gros allume une cigarette. La station-service est presque déserte. Deux voitures garées, une seule personne dans le magasin. Vieux s'y rend. Gros va à la pompe. Rien ne brise le silence. Le Gouverneur et le Commandant semblent loin. Loin le monde. Loin même la remorque remplie de cadavres. Il y a le désert, le soleil qui se lève, le vent, c'est suffisant.

Gros commence à remplir le réservoir. Des oiseaux

passent dans le ciel. Un poids lourd file à toute vitesse sur la route en klaxonnant. Gros se concentre sur les détails. C'est la meilleure façon de profiter de ces quelques minutes volées à l'horreur. Oublier ses cauchemars et les cadavres, oublier ce pays et oublier ce monde. La remorque scintille. Gros a déjà vu ces cercueils en bois blanc avec leurs poignées dorées que s'offrent parfois les gens importants. Une remorque qui scintille, c'est encore mieux. Gros se dit que si on l'enterrait, même les insectes gros comme le poing n'y pourraient rien. Il faudrait des siècles au désert pour ronger cette blancheur immaculée. Gros s'en réjouit pour les cent cinquante-sept cadavres. Là-dedans, après tout ce qu'ils ont subi, ils sont à l'abri, désormais intouchables. Finalement, ce n'est que ça : combien de temps résiste-t-on à la corrosion ? Vivre, c'est gagner du temps. Ce matin, l'air parfaitement clair, la remorque qui scintille et la route toute droite inspirent un trompeur sentiment d'éternité.

Vieux revient. Il porte des packs de bouteilles d'eau et des sacs remplis de nourriture. Il passe derrière le semi pour déposer tout ça sur le siège passager et disparaît du champ de vision de Gros. Gros réalise qu'ils ne se sont jamais perdus de vue depuis le départ, sauf pour dormir. Et encore, ils s'entendent ronfler et gémir. Le reste du temps, ils peuvent se voir. À travers la vitrine du magasin, Gros a vu Vieux parler au gérant et Vieux voyait Gros remplir le réservoir en fumant sa cigarette. Personne ne cohabite autant, dans ce pays. Pas sans s'entre-tuer...

Mais Vieux est passé derrière le semi et ne reparaît pas. Il ne faut pas longtemps à Gros pour comprendre. Il lâche la pompe. Elle tombe par terre, un reste d'essence s'écoule. Gros court vers l'arrière de la remorque. Juché sur le marchepied, Vieux essaye d'entrouvrir les portes le plus discrètement possible.

Gros attrape Vieux et le tire. Vieux tombe sur Gros. Ils roulent tous les deux par terre. En se relevant, l'un et l'autre frappent à l'aveugle. Des coups portent, d'autres pas. Gros sort son arme. Il la pointe sur Vieux. Vieux aussi a une arme. Il la pointe sur Gros.

Il y a un long silence, comme quand ils pissaient en même temps. De l'air glacé s'échappe par les portes entrouvertes. Des gouttes froides perlent sur leur front. C'est comme un air conditionné réglé trop fort. L'air conditionné du désert en surchauffe.

— Si tu rentres là-dedans, je devrai te faire la peau, dit Gros.

— Et alors ?

— Tu ne pourras pas retrouver ta fille.

— Et si ma fille est là-dedans ?

— Si tu meurs, tu ne le sauras jamais.

— Si je n'entre pas, je ne saurai pas non plus.

— C'est toujours comme ça, dans ce pays. Les bonnes options, ça n'existe pas. Il n'y en a même pas de meilleures, seulement des moins pires.

— C'est comme toi.

— Comme moi ?

— Si tu me laisses entrer là-dedans, ils te tueront. Si

tu me tues, tu ne pourras pas conduire seul et ils te tueront aussi.

— Toi et moi, on devrait choisir l'option la moins pire, celle qui nous laisse du temps. On ne sait jamais ce qui peut se passer.

— Bien sûr que si, on sait...

Et Vieux fait un pas de côté, très lentement, vers le semi-remorque.

À ce moment-là, une portière claque. Vieux et Gros regardent les deux voitures garées. Personne à l'intérieur. Personne autour. Personne d'autre en vue que le gérant qui les observe derrière la vitre, l'air affolé. Vieux se demande ce qu'il faudra faire de lui. Gros ne se le demande pas.

Soudain, le semi-remorque démarre. Vieux et Gros mettent quelques secondes à réagir. Ils se ruent vers l'avant, chacun de son côté. Mais Gros est gros et Vieux est vieux. Le camion les distance. Ils courent derrière. La porte que Vieux a entrouverte claque. Gros et Vieux imaginent les sacs noirs tomber le long de la route. Alors ils s'arrêtent et Gros met le semi en joue. Il tire et tire encore. Les balles trouent la blancheur immaculée de la remorque. Ça n'a plus d'importance. Mieux vaut un semi-remorque troué que pas de semi-remorque du tout. La discrétion passe au second plan. On leur vole leur semi-remorque. On leur vole leurs cadavres. On leur fait la peau.

Mais le conducteur file tout droit. Les balles n'ont aucune chance de l'atteindre. Certaines entrent peut-être par la porte ouverte. Trouant les sacs noirs. Tuant ce qui ne peut plus être tué. Le seul privilège des cadavres, leur unique supériorité. Alors Gros s'arrête de tirer. Pas par respect pour les morts mais parce qu'il ne lui reste que deux balles, une pour le gérant de la station-service et une pour Vieux.

Mais en arrivant à la route, le camion tourne sur la droite. La cabine apparaît dans le champ de vision de Vieux. Il vise à son tour. Gros ne savait pas Vieux capable de tirer. Il ne savait même pas qu'il avait une arme. Il aurait dû s'en douter. Dans ce pays, il n'y a que les enfants qui ne savent pas tirer. Et encore. Et que les cadavres qui ne portent pas d'arme. Et encore. Les balles de Vieux atteignent la portière passager. La vitre de la fenêtre par laquelle ils pissent habituellement éclate. Et le camion ralentit. Et s'immobilise.

Ils se ruent. À mi-chemin, Gros s'arrête et repart en arrière, comme s'il avait oublié quelque chose. Vieux entend le coup de feu. L'avant-dernière balle de Gros. Quand il le rejoint, Gros n'a plus sa cigarette. Vieux sait où il l'a jetée. Ils ouvrent les portières en même temps, visant l'intérieur chacun de son côté. Ils ne visent qu'un cadavre. Un cadavre qui ne peut plus être tué. Par-dessus le cadavre, Gros et Vieux se tiennent en joue, comme tout à l'heure. Eux peuvent être tués. Quelle importance ? Mais pas maintenant. Il y a le temps. Il y a toujours du temps pour se faire tuer. Ils baissent leur arme, Gros court fermer la porte de la remorque. L'air conditionné du désert hoquette, le monde sue. Ils remontent dans la cabine, claquent les portes et démarrent en trombe.

Dans le rétroviseur, Vieux distingue les premières flammes.

Ils foncent sur la route, ne disent rien, même route et même ciel, même désert et même ligne noire des montagnes, tout est pareil ?, non !, il y a une vitre cassée et un cadavre, la cabine ne sent plus la transpiration, seulement le sang, Vieux a le cul dedans, déglutition de banquette à chaque mouvement, succion sous les pieds, Vieux fait de son mieux pour ne pas bouger, son pantalon s'imbibe, il s'embourbe dans le siège, ne pas bouger, comme dans les marais : plus on bouge et plus on s'enfonce, Vieux fixe la Vierge qu'il accroche au plafonnier de chaque véhicule qu'il conduit, avec le temps le soleil a délavé ses couleurs criardes de Vierge en fer-blanc achetée sur un bord de route, elle tourne dans le courant d'air de la vitre brisée, Vieux ne l'a jamais vue tourner comme ça, la danse macabre de la Vierge en fer-blanc ensorcelle Vieux, Vieux vient de tuer, un filet de sang dégouline sur sa conscience en fer-blanc, carrosserie trouée d'impacts, l'esprit de Vieux est blanc, d'un blanc immaculé, un filet de sang dégouline dessus, Vieux vient de tuer, son premier cadavre, son premier ?, son deuxième ?, non !, le premier n'était pas le sien, pas sa faute, pas vraiment un cadavre, un accident, la vie, des images resurgissent sous la couche de blanc immaculé de l'esprit de Vieux, l'esprit de Vieux ressemble au semi, maquillé, repeint à la va-vite, en urgence, qu'est-ce qu'il a dessous ?, l'esprit de Vieux ressemble à la Vierge en fer-blanc : délavé, Vieux secoue la tête, cligne des yeux, s'arrache à la stupeur dans un bruit de succion, Vieux reprend ses esprits comme on débouche une canalisation à la ventouse, on pompe et tout finit par venir, la conscience, ça refoule pareil, Vieux veut penser à autre chose, secoue la tête comme pour éponger le filet de sang qui dégouline à l'intérieur, le blanc doit rester blanc, plus vraiment immaculé, jauni par le temps, auréolé par le sang lessivé, mais blanc, comme la cabine, propre, Vieux veut penser à autre chose mais pas regarder Gros, Gros fixe la route, penché en avant, les mains sur le volant, son arme indique la direction, met l'horizon en joue, à quoi pense-t-il ?, aux impacts sur la carrosserie ?, au cadavre entre eux ?, à tuer Vieux ?, à rien ?, peut-être à un plan, peut-être qu'en roulant suffisamment vite personne ne verra les impacts ?, le cerveau de Vieux s'est mis en marche, tout plutôt que de penser au sang, son cerveau cherche des solutions, des points positifs : plus besoin de baisser la vitre pour pisser..., les cerveaux font ça, le pire arrive mais nos cerveaux cherchent le positif, c'est l'évolution, Vieux l'a entendu à la radio, d'autres espèces ont des crocs ou des ailes, l'homme a l'espoir, c'est comme ça qu'on survit depuis le temps des cavernes, parce qu'on en est sorti ?, comme si on ne vivait pas encore dans des cavernes à crever de peur à chaque coup de tonnerre et à s'entre-tuer pour un rien !, ça aussi Vieux l'a entendu à la radio, encore un coup de notre cerveau : des illusions qu'il crée pour qu'on avance, pour qu'on procrée, la caverne ressemble à une maison et les peaux de bêtes à des vêtements de marque : des illusions pour que l'espèce survive, nos cerveaux s'en foutent de nous, ils ne pensent qu'à la survie de l'espèce, ils nous donnent de l'espoir, penser à Gros, penser aux cavernes, penser aux cerveaux, tout plutôt que penser qu'il vient de tuer, Vieux s'entend dire : on fait quoi ?, bonne idée de parler pour oublier les taches sous le blanc, pas de réponse, Vieux change de position, succion, Gros finit par dire : tu devrais jeter ça, il parle de l'arme de Vieux, quelle arme ?, Vieux l'a encore à la main, il la serre, il l'avait oubliée, encore un coup de son cerveau : tu n'as pas tué et tu n'as pas d'arme à la main, pas de premier cadavre, pas de deuxième cadavre, blanc immaculé, conscience ravalée, Vieux regarde Gros d'un air étonné, Gros dit : si les flics nous arrêtent, qu'au moins on n'ait pas l'arme du crime, on dira qu'on nous a tiré dessus de l'extérieur, ça arrive, d'ailleurs c'est vrai, et le type ?, un auto-stoppeur qu'ils ne connaissent pas, un auto-stoppeur ?, il y a longtemps qu'il n'y a plus d'auto-stoppeurs dans ce pays, Gros dit : des fois, des étrangers, des qui viennent de pays où la mort n'existe pas, Vieux dit : ça n'existe pas des pays comme ça, et Gros qui n'a jamais voyagé ni jamais vu la mer : non ?, pourtant on a assez de mort pour le monde entier, ici, alors le regard de Vieux se pose sur le cadavre pour la première fois, mon cadavre, mon premier cadavre, mon deuxième premier cadavre, Vieux tourne immédiatement la tête, dans le rétroviseur la colonne de fumée qui monte de la station-service divise le ciel en deux comme une route au milieu d'un désert bleu, juste dans le prolongement de la leur, comme s'ils roulaient dans une grande roue, un looping infini de fête foraine, combien de tours déjà ?, tête en haut et tête en bas, combien de tours encore ?, le temps passe, Vieux espérait fuir éternellement, cabine propre et esprit blanc, cabine sanctuaire à pleine vitesse, consacrée à Notre-Dame-de-la-fuite-en-avant, sa Vierge en fer-blanc, temple où le passé n'entre pas sans se signer, dehors la saleté, les souvenirs, la vie et ses coups de dents au passage, haleine fétide par la fenêtre, Vieux hors le monde, seul avec le souvenir de sa fille, le pays tambourinait à la portière, griffait la tôle, ses hordes d'incendiaires, ses mécréants sur le marchepied, Vieux remontait la vitre, mettait la sécurité, en avant !, droit devant !, à travers le pays et le temps, loin du passé et de lui-même, sa fille sur le siège passager, ceinture de sécurité, la mort dans le rétroviseur, cabine propre et conscience blanche, Vieux espérait continuer à s'échapper mais cette fois la mort est entrée, par effraction, en cassant une vitre, parce que la mort veut tout, la mort a faim comme tout le monde dans ce pays, depuis le temps qu'elle tourne autour de la cabine de Vieux comme une chauve-souris au fond d'une grotte, à voleter dans les cauchemars de Vieux pour le faire gémir, un masque de sa fille sur son crâne décharné, elle s'est faufilée dans la remorque pour y semer cent cinquante-sept cadavres en espérant qu'ils pousseraient comme le lierre qui ronge les murs des églises, et les vitraux de la chapelle du sauve-qui-peut ont fini par céder, et c'est Vieux qui a tiré, impacts sur la carrosserie, sang dans la cabine, les taches qui resurgissent sous l'immaculé de son esprit, la mort est entrée, elle est même entrée là-dedans, se dit Vieux en se touchant le front, son doigt sanglant laisse une marque en forme de larme tatouée au coin de l'œil de Gros, un premier mort, le blanc n'a plus rien de blanc, quelque chose a éclaté à l'intérieur de Vieux en faisant des taches partout, vitre brisée, appel d'air, afflux de sang à la veine entaillée, les souvenirs s'engouffrent par la fenêtre, et la colère et la haine de soi, la première larme et le premier mort, la fille de Vieux assise dans la cour, jupe d'écolière et chaussettes hautes, on voit sa culotte, elle chuchote près de la palissade comme si Vieux ne la regardait pas par la fenêtre, Vieux n'est pas encore vieux et pourtant il se sent déjà vieux, se sent seul, le fils du voisin se cache derrière la palissade, qu'est-ce qu'ils se disent ?, la petite vient de perdre sa mère, il faut la comprendre, elle a besoin de se confier à des enfants de son âge, pourquoi pas à son père ?, pourquoi jamais à son père ?, qui le comprend, lui ?, ils chuchotent des insanités, Vieux le sait, sans aucun respect, colère !, jalousie !, Vieux se retient, il l'a juré, sa femme mourait dans ses bras et il a juré : jure que tu ne la cogneras jamais comme tu m'as cognée, il a juré : jure que tu ne la tueras pas comme tu m'as tuée, je ne t'ai pas tuée, je ne t'ai pas tuée, il a juré en pleurant, de rage d'avoir tué, par colère, par jalousie, d'avoir tué et de se retrouver seul, il a juré de la protéger, juré de l'aimer, comment on aime ?, comment on aime sans tuer ?, Vieux passe sa colère sur tout ce qu'il trouve à portée, Vieux hurle, Vieux cogne à la fenêtre pour ne pas cogner sa fille, dans la cour sa fille a peur, peur de son père ?, il faut la comprendre, mais qui le comprend, lui ?, qui comprend sa solitude et sa colère et sa jalousie ?, dans le rétroviseur la fumée s'évanouit comme si la route n'avait été qu'une autre illusion de son cerveau, comme s'il se trouvait toujours là-bas à cogner sur la fenêtre, par colère, comment ne pas être en colère dans ce pays ?, par amour, à répéter : je ne t'ai pas tuée, je ne t'ai pas tuée, à promettre qu'il protégera leur fille, comme s'il n'avait fui la violence que pour y revenir, la grande roue, le looping infini, du premier cadavre au deuxième, colère et jalousie imbibent son pantalon, collent sous ses pieds, ses mensonges et ses trahisons, alors l'arme dans la bouche, vie et mort c'est pareil, à quoi bon ?, pardon, pardon à sa femme et pardon à sa fille, ferme les yeux, mais Gros le tire par le bras, violemment, le canon casse un bout de dent, sa lèvre saigne, le sang dehors et maintenant dedans, les taches partout, dessus et dessous le blanc, et Gros : je t'ai dit de jeter ça !, et : faut se débarrasser de ce connard, il parle du cadavre, cent cinquante-sept cadavres dans la remorque et Gros s'inquiète d'un seul dans la cabine, comme si Vieux ne venait pas d'essayer de se faire sauter le crâne exactement comme il a fait sauter le crâne de ce pauvre type, coïncidence ?, Vieux ose enfin regarder son cadavre, les cent cinquante-sept à l'arrière appartiennent au Gouverneur mais celui-là c'est le sien, Gros l'a poussé entre eux en montant, troisième passager, compagnon de voyage, penché en avant comme pour vomir, pas habitué à la route ?, tête entre ses genoux, bras ballants, on a envie de lui taper dans le dos : ça va aller, mon gars, regarde la route, si tu veux on change de place pour que tu aies plus d'air, Vieux pense : échanger sa place avec un cadavre ?, il n'y a pas si longtemps ce cadavre-là conduisait le semi, comme Vieux, le regard fixé sur le même horizon, le même regard plein de désert, le crâne éclaté pareil, presque..., si Gros ne l'avait pas retenu ils seraient deux penchés en avant comme pour vomir, ou si Gros avait tiré derrière la remorque, ça pourrait être Vieux ce cadavre, ça tient à peu de choses, un centimètre et demi d'alliage de plomb et de nickel, quelques grammes de cervelle essaimés sur un pare-brise comme des papillons, une seconde à peine, c'est triste, si ce cadavre-là n'avait pas volé le semi Vieux serait mort, tué par Gros, ça tient à rien la vie et la mort, Vieux et le cadavre se ressemblent, peut-être qu'on lui a tué une fille à lui aussi, un frère, un père, tout le monde a perdu quelqu'un dans ce pays, morts violentes, tout le monde est mort, pauvre voleur de poids lourds !, son cadavre à lui, pauvre femme de Vieux !, pauvre fille de Vieux !, pauvre Vieux !, et même pauvre Gros !, tous pareils, tous ensemble sur une route étroite au milieu du désert, de la mort plein la remorque où ils devraient transporter leurs espoirs, Vieux se sent triste, Vieux se sent solidaire, Vieux les aime, il dit : je me demande d'où il sort, Gros répond : il devait se cacher quelque part, qu'est-ce qu'on en a à foutre ?, et Vieux : je veux dire avant, voler un camion plein de cadavres, comment on en arrive là ?, il y en a qui ont pas de chance, Gros le regarde l'air de dire : tu crois qu'on en a, nous ?, la chance c'est pour les Gouverneurs et ça s'arrête un jour, mais Vieux continue : il croyait voler quoi ?, qu'est-ce qu'il imaginait là-derrière ?, il a cru tirer le gros lot peut-être, peut-être même qu'il est mort heureux..., les autres derrière : assassinés, torturés, décapités, et si lui était mort plein d'espoir ?, je crois que ça me plairait, ça te plairait pas, à toi ?, Gros dévisage Vieux, longtemps, tellement longtemps que Vieux craint l'accident, mais non, la route est droite, aucune voiture en face, les mains de Gros ne tremblent pas, son canon tient l'horizon en joue, sa dernière balle est pour le pays, pour le monde, il finit par répéter : débarrasse-toi de ce connard !, pourquoi il l'appelle comme ça ?, sans lui, ils se seraient entre-tués derrière la remorque, Gros aurait certainement tué Vieux mais il n'aurait pas pu conduire le semi seul, le cadavre leur a sauvé la vie, ça mérite un peu de respect, tous les morts méritent le respect, celui-là spécialement, parce que c'est le sien, son cadavre à lui, son deuxième premier, Gros ne peut pas comprendre, combien en a-t-il des cadavres à lui ?, il l'a empêché de retrouver sa fille, et aussi de se suicider, il m'a empêché de me suicider, Vieux ne sait pas quoi en penser alors il attrape le cadavre par le col et tire, succion, ventouse à déboucher la mort, c'est tout léger, un adolescent, presque un enfant, le genre qui plaisait à sa fille, brun pauvre, les yeux grands d'en avoir trop vu, l'air rusé de la misère, le genre qui tournait autour de chez Vieux, qu'il retrouvait sur le pas de sa porte au retour de ses tournées, qu'il chassait à coups de pied, colère !, jalousie !, ma fille, juré de la protéger, juré de l'aimer, celui-ci l'attendrit, son mort à lui, mal nourri, la peau sur les os, cadavre par avance, prédisposé, le crâne explosé, peut-être le fils du gérant de la station-service, si ça se trouve ils font ça souvent ?, ils volent des camions quand il n'y a pas de témoins, tôt le matin, le gosse attend dans une cache près des pompes, voilà pourquoi on ne l'a pas repéré, c'est ce que Vieux dit à Gros, le gosse en travers des genoux, Gros fait oui de la tête : c'est possible, et Vieux : tu crois qu'ils faisaient quoi des chauffeurs après ?, pas difficile à imaginer, enterrés dans le désert derrière la station-service, là où Gros et Vieux ont pissé dans la paix du matin, paix de cimetière, dessus et dessous le désert, Vieux se souvient du regard affolé du gérant, il a vu nos armes, savait comment ça allait tourner, c'était la peur du père dans ses yeux, comment j'ai pu ne pas la reconnaître ?, une angoisse de porte ouverte et de maison vide, une angoisse de qu'est-ce qui est arrivé ?, fille trop belle ou garçon trop rusé, jalousie et colère partout dans le pays, la peur du pays qui monte du sol jusqu'au ventre, depuis le désert et les fossés, fossés pleins et ventre vide, ce cactus à l'intérieur qui vous assèche pour croître, une angoisse de je n'aurais pas dû la laisser seule, mieux vaut l'enfermer pour la protéger, le pays griffe aux portes, son haleine brûlante sous la porte, l'enfermer, la protéger, toute l'horreur des j'aurais dû dans les yeux du gérant de la station-service, comment je ne l'ai pas reconnue ?, Gros dit : j'en sais rien, mais ses yeux disent : porcs, ou bien : acide, ou bien : désert, et : balance-le !, alors Vieux s'exécute en demandant pardon au gosse et pardon au père du gosse parce qu'il n'a pas pu demander pardon à sa femme et à sa fille, pardon, pardon, Vieux fait basculer le gosse par la fenêtre mais son pantalon s'accroche aux morceaux de vitre, le cadavre se balance à l'extérieur, la tête du gosse claque contre la portière, traînées de sang sur le blanc immaculé, Gros voit dans le rétroviseur : décroche-le, putain, décroche-le !, le canon du pistolet pointe Vieux, Vieux panique, s'entaille les doigts, saigne, Gros se penche pour l'aider, le camion fait une embardée, Gros et Vieux projetés, le sang du gosse gicle jusque sur la remorque, grand bruit à l'arrière, tous les cadavres bien rangés, alignés, parallèles, volent d'un côté, grand coup de volant de Gros pour redresser, les cadavres bien rangés, alignés, parallèles volent de l'autre côté, le gosse finit par se décrocher, un cahot, un autre moins fort, un autre encore moins fort, les roues les unes après les autres, dans la remorque les cadavres tressautent sur le cadavre du gosse, puis tout revient à la normale, la route et la ligne noire des montagnes comme des murs au loin, l'horizon et le désert reprennent leur place, mais il y a du sang dans la cabine, du sang sur les doigts de Vieux, sur son front, dans sa bouche, il y en a surtout dehors, sur la portière et sur la remorque, et derrière les cadavres sont empilés les uns sur les autres, dans tous les sens, sans aucun respect, alors Gros finit par dire : on n'a pas le choix, il faut s'arrêter.

Ils ont roulé toute la journée vers les montagnes. Dans le désert, nulle part où se cacher et pas d'eau pour laver le semi. Il fallait en permanence consulter les cartes pour éviter les villages, aucun des deux n'a pu dormir. Ils ont tourné aux amphétamines. De rares fantômes sur le bas-côté les ont regardés passer sans les voir, prisonniers de leur préhistoire, spectres poudreux des ères minérales. Des âmes en peine sur la rive d'un fleuve asséché. Quelques migrants perdus dans leur rêve de frontière. Des ânes émaciés au regard plus humain que la misère. Personne pour s'étonner du sang sur la carrosserie. Personne pour s'en émouvoir. Qui s'émeut encore sous ce soleil ? Par chance, seul le côté droit du semi-remorque a souffert, les rares véhicules croisés ne pouvaient rien remarquer de suspect.

Au soir, ils arrivent au pied des collines. Des villages troglodytes montent des fumées paléolithiques, des feux de camp s'allument au repos des chasseurs-cueilleurs. Trompeuse sensation de quiétude à l'ombre des montagnes. Ils s'engagent sur une petite route et trouvent une aire bordée par les premiers arbres et un ruisseau presque à sec. Vieux gare le camion sous les branches pour pouvoir le laver à l'abri des regards. Au cas où, Gros éteint son téléphone portable : pas le moment que le Commandant appelle.

Ils pissent contre les arbres. Toute la journée, aucun des deux n'a osé par la fenêtre. Trop de sang. Au crépuscule, il fait frais sous les collines. La colère du soleil s'apaise. Le genou qui écrasait la gorge du monde se soulève, on peut respirer. Depuis combien de temps n'ont-ils pas vu d'eau courante ? La remorque fait une barrière au désert en contrebas, les regards sont naturellement attirés vers le haut. Ils pissent en regardant se balancer les branches. Finalement, Vieux dit :

— J'ai vu sur la carte qu'il y a des ruines, là-haut.

Gros ne comprend pas. Depuis des jours, ils ne croisent que des villages abandonnés, des pans de murs qui vacillent entre rien et rien, des fenêtres pour le vent, un horizon de briques d'argile crue, un pays bâti en désert, cuit au soleil. Dans la région, les gens retournent aux cavernes. On s'enfonce. Alors, des ruines...

— Des ruines de l'ancien temps, une cité d'avant. Je sais pas comment appeler ça...

Gros ne s'intéresse pas à l'ancien temps. D'aussi loin qu'il se souvienne, tout a toujours été pareil, tout a toujours été ancien. On construit le présent en ruine, pour n'avoir pas besoin d'attendre. Gros referme sa braguette et se met à recharger son arme. Au bout d'un moment, Vieux dit :

— Laisse tomber !

Leurs vêtements sont raides de sang. Ils ont du mal à les enlever. Ils les mettent à tremper. Le ruisseau rougit. Ils restent en sous-vêtements à la lumière de la lune. Chacun le pistolet coincé dans le caleçon.

Le ruisseau est bordé de déchets. Engorgé, le monde d'en bas refoule aux étages supérieurs. Ils récupèrent des bouteilles en plastique pour asperger la carrosserie. Ils frottent avec des chiffons trouvés dans la boîte à gants. Après la carrosserie, ils passent à la cabine. Frénétiquement, comme si on pouvait réparer ce qui a été brisé, recoudre les cadavres dépecés, rendre les virginités. Pas de deuxième chance, le pays est couvert des ruines de sanctuaires profanés.

À un moment, Vieux murmure :

— C'est calme.

Il parle de la montagne. On n'entend que le vent et le chant funèbre du hibou. Des chauves-souris tournoient en quête de sacrifice. Les étoiles éclaboussent le ciel comme un long jet de pisse chaude. Gros se dit qu'il n'a pas ressenti un tel calme depuis le matin. Le répit entre deux séances de torture, quand le bras du bourreau fatigue. Gros en veut un peu à Vieux de l'avoir interrompu. Il préfère ne pas répondre. Pour dire quoi ? Que ça ne va pas durer ?

Quelques minutes plus tard, quand le break noir passe sur la route au ralenti, il sait qu'il avait raison.

Le break roule tous feux éteints. Un véhicule blindé. Vitres fumées. Cent mètres plus loin, il se range sur le bas-côté. Moteur coupé. Personne ne sort. C'est tout.

— Je l'ai déjà vu, dit Vieux. Il y a trois ou quatre jours. Il nous a suivis longtemps.

— Moi aussi je l'ai vu. Plusieurs fois sur le bas-côté.

— Journalistes ?

— Militaires.

Il fallait s'attendre à ce qu'ils les surveillent. Le Commandant ne fait confiance à personne. En temps normal, leur présence aurait rassuré Gros. Une protection, ils seraient intervenus en cas de problème. Mais maintenant... Qu'ils se montrent n'est pas bon signe. C'est une mise en garde : première erreur, il n'y en aura pas d'autre !

Gros rallume son téléphone. Il a deux appels en absence du Commandant.

— Il faut repartir, dit-il.

Le jour se lève. Plus aucune trace de sang sur la carrosserie. Pour les impacts de balles, rien à faire.

Ils remettent leurs vêtements mouillés mais à peu près propres. L'humidité fera office de douche. Vieux reste torse nu. Il soupire :

— Tout de même, j'aurais bien voulu avoir le temps de remettre de l'ordre là-derrière.

Gros le regarde de travers.

— Recommence pas tes conneries. Ta fille n'est pas là-dedans, compris ?

— C'est pas pour ça. C'est une question de respect.

— Parce que tu crois que ça les dérange ?

Au fond, Gros aussi sent bien qu'il y a une différence à conduire un semi-remorque rempli de cadavres bien rangés, alignés, parallèles, et un semi-remorque rempli de cadavres en désordre. Il ne se sent plus fier du tout. Son sentiment d'accomplir une mission s'est évaporé. Il a l'impression d'avoir déçu les cent cinquante-sept cadavres.

Le soleil se lève. Le break est toujours là. Gros fait le tour de la cabine pour prendre le volant. C'est alors qu'il voit quelqu'un approcher le long de la route.

Chapeau, grosses chaussures de marche, bermuda kaki. Un étranger, habillé pour la montagne. Dans sa main, un jerrycan vide. Gros et Vieux le regardent approcher comme s'il descendait d'une soucoupe volante pour établir un premier contact. L'homme les salue et se débrouille pour leur expliquer qu'il est tombé en panne. Il parle correctement leur langue avec un fort accent. Il leur demande s'ils peuvent l'avancer jusqu'à la prochaine station-service. Gros et Vieux se regardent. Tous deux la main sur la crosse de leur arme, dans le dos. Ils peuvent répondre non ou l'abattre et jeter son cadavre dans le fossé. Il n'y a pas d'autre choix.

Le regard de Gros va de la remorque pleine de cadavres en désordre au break des militaires avant de revenir à l'étranger. La barbe blonde, une peau qui ne mérite pas ce soleil, des lunettes rondes démodées aux verres très épais. Il cligne des yeux dans la lumière du matin. Il sourit. Un extraterrestre. Combien de temps peut-il survivre dans ce monde-ci ?

Gros dit finalement :

— Montez.

Deuxième erreur. Sous les yeux des militaires. Une

façon de dire : je fais les erreurs que je veux. Un suicide. Une larme noire perle au coin de l'œil de quelqu'un.

Vieux se contente de grommeler. Ils s'installent dans la cabine. Gros démarre. Le break des militaires démarre derrière eux. L'étranger ne s'est aperçu de rien. Il sourit toujours, son jerrycan vide entre les jambes.

C'est alors que Gros remarque un voyant qui vient de s'allumer sur le tableau de bord.

Au bout de quelques minutes, il sait qu'il a eu tort, qu'il n'aurait pas dû monter, le semi-remorque file sur la route, trop vite à son goût, il ne sourit plus, il est coincé entre les deux hommes, son jerrycan vide entre les jambes, les yeux fixés sur l'horizon, sans oser tourner la tête, personne ne le regarde, personne ne parle, le plus vieux des deux a juste grommelé au départ : une station-service, ça peut prendre des heures..., ce à quoi le gros a rétorqué : t'es pressé ?, il y a quelqu'un qui t'attend quelque part ?, alors le vieux lui a jeté un regard mauvais et ils se sont tus, ne disent rien depuis, ont juste avalé deux gélules vertes chacun avec du soda, et l'archéologue sait qu'il a eu tort, il connaît bien ce pays, y est venu souvent, a toujours respecté les conseils de prudence : ne t'adresse jamais à un flic, même pour demander ton chemin ; ne regarde jamais personne dans les yeux ; parle-leur toujours dans leur langue ; vérifie la plaque des taxis, ne leur fais jamais signe dans la rue, attends aux stations, surtout le soir ; ne prends jamais personne en stop, ne t'arrête pas si tu vois un accident ou quelqu'un couché sur la chaussée, ne t'arrête pas aux feux rouges la nuit, ne porte secours à personne, ne demande d'aide à personne, ne monte jamais dans la voiture d'un inconnu... parce qu'il a entendu tant d'histoires : kidnappings, rançons, agressions, vols, pots-de-vin, balles perdues, des gens au mauvais endroit au mauvais moment, comme s'il y avait de bons endroits et de bons moments dans ce pays, on a beau prendre toutes les précautions..., c'est ce que l'archéologue explique à ses amis, dans son pays, il se compare à un dompteur de fauves, des jaguars par exemple, le dompteur connaît son jaguar, travaille avec lui depuis des années, une relation particulière s'établit entre eux, entre intimité et confiance, chacun connaît les manies de l'autre et les respecte, par peur du fouet, par peur des crocs, mais le jaguar reste un jaguar, il finit par mordre sans qu'on sache pourquoi, par jeu, par ennui, un instant d'inattention du dompteur, un geste trop brusque, la tête poussée un peu trop profond dans la gueule de la bête, peut-être même pour rien, sans raison, c'est comme ça : les jaguars mordent, on ne les apprivoise jamais complètement, voilà ce qui est beau, voilà pourquoi les jaguars fascinent, les amis de l'archéologue frissonnent et lui continue : c'est comme ce pays, on ne le comprend jamais tout à fait, on ne l'apprivoise jamais complètement, voilà ce qui est beau, il faut rester sur ses gardes et s'attendre à un coup de griffes, par jeu, par ennui, par habitude, un réflexe, l'instinct de survie : griffer et mordre, même si on mesure ses gestes, même si on respecte les règles, or ces règles, l'archéologue vient de les enfreindre, un excès de confiance, une seconde d'absence, la tête dans la gueule de la bête, tout ça pour quoi ?, à cause de ce jerrycan en plastique noir entre ses jambes, le jerrycan de la voiture de location qu'il n'a pas eu la prudence de remplir avant de partir, c'est absurde de mourir pour ça, pas plus qu'une balle perdue, c'est toujours absurde, c'est toujours pour rien, au mieux un peu d'argent, jamais beaucoup, on se promène les poches vides par sécurité, tout le monde le sait, quelle différence pour ceux qui meurent de faim ?, quelques jours de survie contre une vie, absurde seulement pour celui qui meurt..., au pire c'est pour rien : un mot de trop, un regard de travers, le mauvais endroit au mauvais moment, on aurait pu rester dans son pays de lois et de logique, où on prévoit, on anticipe, mais on est venu, pour diverses raisons dont aucune ne vaut la peine de mourir, les plages, le soleil, même l'archéologie, on croyait savoir, on croyait connaître, et voilà qu'on se retrouve coincé dans la gueule d'un semi-remorque entre deux mâchoires qui ne demandent qu'à se jeter l'une contre l'autre, l'archéologue sent l'haleine de colère dans cette gueule-là : il y a quelqu'un qui t'attend quelque part ?, éructations chargées de sous-entendus, relents d'indigestion, vieilles caries qui lancent, des acidités de remords, de frustrations, de peurs, des sucs digestifs qui dissolvent, l'archéologue retient son souffle, le semi gueule ouverte, crocs à gauche, crocs à droite, son long intestin en remorque, surtout ne pas bouger, laisser la bête s'apaiser, attentif au moindre signe, le rythme de sa respiration, les battements de son cœur, la tête dans la gueule du jaguar on entend battre son cœur, l'archéologue se dit : seulement là, jamais de l'extérieur, le pays palpite dans cette cabine, sa colère plein la boîte à gants, ses frustrations dans les vide-poches, sa tristesse au fond du cendrier, l'archéologue les ressent, c'est sa seule chance de s'en tirer : comprendre, prévoir, anticiper, être prêt quand le cœur s'emballera, quand les mâchoires se refermeront, alors l'archéologue observe discrètement : le pare-brise lavé, les sièges propres encore humides, l'odeur de frais, maintenant qu'il y repense l'extérieur aussi brillait, il l'a remarqué de loin, faux sentiment de sécurité, la propreté rassure, la blancheur, le frais, tout ce qui protège du désert, mais il y a une vitre brisée par où s'engouffre la poussière, le vieux torse nu, les trois larmes noires au coin de l'œil du chauffeur, leurs vêtements mouillés et rien d'inscrit sur la remorque, qu'est-ce qu'ils transportent ?, remorque immaculée et chauffeurs silencieux, zone de silence comme il y en a dans ce désert, anomalies magnétiques, disparitions surnaturelles, blancs sur la carte, l'archéologue ne devrait pas être là, aucun d'entre eux ne devrait, ce poids lourd n'existe pas, mirage de chaleur, apparition paranormale, l'archéologue serre le jerrycan entre ses jambes, réconfort du plastique, fragment de réalité, le retrouvera-t-on à la surface, parmi les débris, si l'archéologue disparaît dans ce triangle des Bermudes ensablé ?, au fond d'un fossé, sur le bas-côté ?, il cherche à se concentrer sur le paysage mais rien n'accroche la conscience dans le désert, quelle différence avec les vallées encaissées de son enfance où on ne faisait qu'imaginer le ciel derrière les sommets, dans la brume, tout ici s'exhibe impudiquement, la nature nue écarte les cuisses, suante sous la lumière crue des néons, peau de vieille putain qui n'a pas honte de ses cicatrices : prends-moi si tu l'oses !, l'étranger détourne le regard gêné, habitué qu'il est à patienter dans son pays où on a le temps, alors qu'il faut ici tout attraper tout de suite avant qu'il ne soit trop tard, se servir vite, à pleines mains, mais en est-il capable ?, les surfaces ne l'intéressent pas, il préfère creuser, comme pour retarder l'échéance, aveu d'impuissance dans un pays où rien de bon ne sort de sous la terre, où rien de ce qui est caché ne devrait être révélé, ici son besoin de contact humain et son désir de vérité vivent en exil, c'est pourquoi la conscience de l'archéologue qui s'écorche aux épines des cactus revient se réfugier à l'intérieur de la cabine, la queue entre les jambes, outrée de désert, il ressent le besoin de parler, d'oublier la vieille putain qui racole là-dehors avec des œillades obscènes de tombeau, il veut prouver qu'il existe encore, que le jaguar ne l'a pas encore avalé, casser la glace, qui sait ?, peut-être que les deux chauffeurs n'attendent que ça, le premier pas, les gens d'ici sont comme ça, l'archéologue tourne la tête vers Gros et c'est alors qu'il surprend son signe à Vieux, un signe qu'il n'était pas censé voir, comme s'ils se mettaient d'accord pour attaquer, le voilà qui panique, se raidit, prêt à se défendre, comment ?, on ne se bat pas dans son pays, la violence y a besoin d'adjectifs : morale, psychologique, verbale, elle se civilise en disputes, se dompte en altercations, la mort a le nom de maladies, les cadavres de l'archéologue ont mille ans, ses bagarres datent de l'école, on gifle, on griffe, on demande pardon, punition, parents convoqués, mots dans le carnet, tout est oublié, guerres de cours de récré, on tombe, on se relève : j'étais pas mort !, l'archéologue ignore que tout le monde est mort dans ce pays, les momies de mille ans et les vivants, personne ne s'écrie : j'étais pas mort !, on était mort, déjà avant, on l'est encore, alors il se prépare à défendre sa vie mais rien ne se passe, les chauffeurs ne l'attaquent pas, le conducteur a montré quelque chose sur le tableau de bord, l'autre tend le cou pour voir en essayant de rester discret, le camion a un problème ?, ils ne veulent pas l'affoler, ça ne le regarde pas, c'est vrai, voilà une règle qu'il compte respecter, ne pas se mêler des affaires des autres, ne pas poser de questions, ça ne le regarde pas, ça ne le regarde pas, ça ne le regarde pas mais il regarde quand même, du coin de l'œil, impossible de s'en empêcher, ce que désigne le conducteur c'est un voyant allumé, un petit voyant rouge avec une sorte de flocon de neige dessus, le regard de l'archéologue va de l'incendie du ciel à la route en fusion, dans son pays les véhicules ont besoin d'antigel, on dégivre, pneus neige et chaînes en prévision du froid, le monde a vieilli, ses ardeurs ont refroidi, ici le monde bout, alors le flocon ?, le vieux semble avoir compris, il fronce les sourcils, renifle l'air comme pour détecter une odeur, une odeur de neige ?, le jaguar a l'haleine enfiévrée, les narines brûlées de désert, l'archéologue se souvient de ses premiers voyages, au début on ne sent rien, seulement qu'on n'arrive pas à respirer, les odeurs suffoquées ne montent pas jusqu'à votre nez, et puis petit à petit, comme les papilles ébouillantées retrouvent leur sensibilité, les odeurs quittent l'ombre des pierres comme de petits animaux curieux intrigués par votre présence, timidement, à petits pas, les odeurs s'aventurent sous le soleil, la roche roussie, la fadeur des végétaux recuits, l'acidité, parfois l'appel au secours d'une fleur, l'étranger les rapporte à ce qu'il connaît, pour l'archéologue : ce placard de la maison désormais vide où ses parents l'enfermaient, les granules rouges et les cadavres des souris dans la poussière, le désert a l'odeur de ces heures passées dans le noir sans bouger pour ne pas frôler les souris racornies, une enfance de placards et de vallées encaissées qu'on finit par fuir pour... quoi ?, pour retrouver le placard dans l'immensité du désert et les souris racornies partout, un destin de souris racornies, desséchées, toutes plates, vides à l'intérieur, rien qu'une enveloppe vide, un vide à l'intérieur d'un autre vide, pour autant qu'on cherche à le combler, en quête de substance dans ces pays où les gens meurent, expérimenter, creuser, se mettre en danger, tout ça pour retrouver l'odeur fade des souris racornies dans cet autre désert, voilà ce que l'archéologue sent dans cette cabine : l'odeur de la mort parce que c'est toujours l'odeur de la mort, ici ou ailleurs, souris racornies, végétaux recuits ou cadavres dissous par le pays, comme dirait Gros, mais ça l'archéologue ne peut pas le savoir, lui pense à l'odeur des souris racornies et à celle du corps de ses parents au crématorium, aussi à l'ouverture d'antiques tombeaux, et c'est justement le souvenir de ces enivrantes bouffées de mort millénaire qui fait parler l'archéologue, peut-être pour conjurer la peur, peut-être parce que l'odeur l'excite, qui annonce découvertes à venir, mystères, trésors enfouis, il dit : je suis archéologue, vous savez ?, aucun des deux ne répond, le conducteur cesse de désigner le voyant et le vieux cesse de renifler, ils ne savent peut-être pas ce qu'est un archéologue ?, se dit l'archéologue, il explique, avec des mots simples que des routiers peuvent comprendre : je fouille les ruines des civilisations disparues, un silence, le conducteur grommelle : comme s'il n'y en avait pas suffisamment dans la nôtre, ce qui signifie : à quoi bon perdre son temps à s'occuper du passé ?, certainement aussi : c'est le luxe de ceux qui n'ont pas à s'inquiéter du présent, l'archéologue a l'habitude qu'on lui renvoie sa condition de privilégié, d'oisif, d'étranger, il a ses réponses toutes prêtes, des mantras : connaître le passé pour anticiper le futur ; comprendre pour ne pas répéter les erreurs du passé ; on a tous besoin de racines, ce genre de conneries, comme si le soleil ne brûlait pas chaque pousse à peine sortie de terre, comme si les racines ne couraient pas stériles sous le désert, comme si chaque décapitation et chaque corps dissous dans un baril d'acide ne ramenait pas la civilisation au temps des cavernes, parce qu'on en est sorti, peut-être ?, est-ce qu'on ne crève pas de peur à chaque coup de tonnerre ? est-ce qu'on ne s'entre-tue pas pour un rien ?, comme si les choses progressaient, s'amélioraient, que le passé et le présent, la vie et la mort, n'étaient pas la même chose, comme si on ne tournait pas tout le temps en rond dans le désert, dans une illusion de semi-remorque réfrigéré, une ombre de notre cerveau, voilà ce que Vieux pourrait répondre à l'archéologue mais il préfère ne rien dire, par habitude, on ne dit pas les choses dans ce pays, à quoi bon ?, le soleil ne brûlera pas moins si l'archéologue comprend, le désert ne recrachera pas les cadavres, mais l'archéologue prend leur silence pour de l'intérêt, il se lance : je travaille dans les ruines d'une ancienne cité un peu plus haut, je m'y rendais quand ma voiture est tombée en panne, et il parle des fouilles, des découvertes, temples, vases en céramique, brûleurs d'encens, petit à petit le vieux se met à lui poser des questions, les brûleurs d'encens, les offrandes, les sépultures, les procédés de momification, tout ce qui a trait à la mort, le vieux se fout du mode de vie de ses ancêtres, comment ils s'habillaient, ce qu'ils mangeaient, le vieux ne s'intéresse qu'à leurs rites funéraires, l'enthousiasme de l'archéologue retombe, pourquoi cette idée fixe ?, l'archéologue s'inquiète, qu'y a-t-il à comprendre ?, dans ce pays on aime les non-dits, on se méfie des mots, de leur tendance à l'insulte, de leur double tranchant, mots à manier avec précaution, à vos risques et périls, on s'en passe, il n'y a pas grand-chose d'important à dire de toute façon, les exigences de la survie quotidienne, connues de tous, partagées, les fonctions, est-ce que le vieux le menace ?, lui fait comprendre ce qui l'attend ?, ou n'est-ce que l'obsession commune dans ce pays ?, quoi de plus naturel que de penser à la mort quand on est obnubilé par la survie ?, on pense à la mort quand on passe sa vie à lui échapper, les quelques années de vie qui vous en séparent, est-ce que lui-même ne consacre pas la sienne à fouiller des tombeaux ?, il se persuade : c'est dans leur culture, ça vient de loin, alors, pour gagner du temps, il se met à parler de rites funéraires, masques de pierre aux yeux grands ouverts, chiens incinérés dans les tombeaux pour guider les morts à travers les neuf régions de l'au-delà, un morceau de jade au fond de la gorge pour retenir l'esprit jusqu'à Mictlán, momies en position fœtale parce que la mort n'est qu'un retour, il parle de scarification, oreilles et langues percées, il parle des sacrifices humains, enfants jetés dans les lacs pour attirer la pluie, couteaux d'obsidienne, poitrines ouvertes et cœurs arrachés, cadavres écorchés, strangulés, décapités, dévorés, femmes emmurées au fond des grottes qui communiquent avec le monde d'en bas et enfants sacrifiés au sommet des montagnes pour apaiser le soleil, il parle d'une cité sacrée quelque part, une cité abandonnée tout là-haut, dit-il en désignant un sommet par la fenêtre brisée, où bien des années après les gens ont continué à se réfugier pendant les guerres et où ils vivaient parmi les momies dans leurs niches, avec respect, en bonne intelligence, certains que les morts les protégeraient des vivants, et ceux qui mouraient là-haut se faisaient enterrer à leur côté, si bien qu'on finissait par ne plus distinguer les morts du passé de ceux du présent, la grande communauté des morts de tous temps, jusqu'à ce que la cité soit oubliée et recouverte par la végétation, alors le conducteur bougonne : et puis quoi ?, un cadavre c'est un cadavre…, et le vieux rétorque : peut-être, les cadavres se ressemblent tous, mais un mort ce n'est pas qu'un cadavre, c'est autre chose, et l'archéologue les regarde se dévisager, les yeux dans les yeux, comme s'ils se mettaient en joue, encore ces sous-entendus, ces deux-là ont un secret, le conducteur murmure tout bas, comme si l'archéologue n'était pas là : alors c'est plus tout pareil, maintenant ?, la vie et la mort et tout ça ?, il y a des différences quand ça t'arrange..., l'archéologue ne sait pas de quoi il parle exactement mais il sent bien que ça arrange le conducteur aussi, qu'il est d'accord et que ça le soulage d'entendre ça : il y a des gens à part et des cadavres qui ne mériteraient pas d'être des cadavres, voilà ce qu'il veut croire malgré ce pays qui dévore sans distinction, comme un jaguar en colère, comme un lézard venimeux, et le vieux répond : la vie, la mort, c'est pareil, jeunes et vieux, hommes et femmes, bons et méchants, même les chiens, mais tous les morts ne se valent pas, alors l'autre demande, une sorte d'espoir dans la voix, un espoir presque candide qui surprend l'archéologue : pourquoi ?, mais au moment où le vieux va répondre, le téléphone du gros se met à sonner, tout le monde se tait, la peur s'engouffre par la fenêtre brisée comme un vol de chauve-souris, emporte la colère, fait claquer la Vierge en fer-blanc contre le plafond, le gros et le vieux se regardent, l'air de se demander s'il faut décrocher, finalement le gros se décide, avec un regard de défi, comme un regard d'adieu pour dire : j'ai pas peur, ou alors : s'il n'y a pas de différence entre la vie et la mort, alors pourquoi ne pas répondre ?, comme si c'était la Mort elle-même qui téléphonait, le gros décroche et dit : Commandant ?, et après un long moment : non, c'est réglé, ne vous en faites pas..., et puis : une vitre cassée, c'est tout..., et puis : non..., et puis, en regardant le vieux du coin de l'œil : non, ne vous en faites pas..., et puis : non, aucun, je m'en suis occupé moi-même..., et puis : oui, ils nous suivent..., et puis : merci..., et puis, après une pause : un archéologue, Commandant..., et puis : un archéologue..., et puis : un qui fouille les ruines, Commandant..., et puis : non, aucune chance..., et puis, en fixant la route toute droite où aucun véhicule ne vient, comme pour éviter l'accident : vous croyez, Commandant ?, et puis, l'air triste ou résigné ou las : d'accord, à vos ordres, Commandant, et il continue de regarder droit devant lui comme pour éviter des obstacles invisibles, le vieux en profite pour lui montrer le voyant rouge allumé, le gros fait non de la tête, met son doigt sur ses lèvres : ta gueule !, son regard dit : tu veux mourir ?, l'archéologue ne sait pas si c'est une menace ou une angoisse, il ne sait pas non plus à quoi sert le voyant, comment peut-on avoir peur de mourir à cause d'un voyant ?, on meurt pour un mot de trop ou un regard de travers dans ce pays, pourquoi pas pour un voyant rouge avec un flocon dessus ?, un flocon de neige au milieu du désert, l'image le fascine, un flocon de neige tout blanc, tout pur, un unique flocon de neige qui descend lentement vers le désert et fondra avant de toucher le sol, un éclat de ciel qui ne se souillera jamais au contact des végétaux recuits, des souris racornies et des cadavres dissous par le pays, après tout pourquoi ne pas mourir pour ça ?, il sort de sa rêverie, le gros a raccroché, personne ne dit rien, un silence de tombeaux millénaires, la bouffée de mort viendra, l'archéologue se recroqueville sur son siège, serre entre ses jambes le jerrycan, réconfort du plastique, fragment de réalité auquel se raccrocher encore, le débris à la surface, le vestige du naufrage, le jerrycan lui survivra, son urne funéraire, le plastique millénaire, c'est rassurant pour un archéologue, quelque chose reste toujours malgré la mort et le temps qui passe, une maison vide, un vase en céramique, un brûleur d'encens, un jerrycan en plastique, quelque chose, l'archéologue a besoin d'y croire pour vivre, que tout ce qu'il a vécu n'est pas perdu, son enfance, ses parents, même l'odeur des souris racornies et ses peines d'enfant, voilà pourquoi il se concentre sur le jerrycan vide, pour le remplir de lui-même comme une offrande, une urne à l'épreuve du temps, et pendant des kilomètres personne ne dit rien, le désert défile, encore et encore, toujours le même, exactement semblable à lui-même, l'horizon s'éloigne et la route s'étire, des ruines remplacent d'autres ruines, des vautours tournent en rond très haut dans le ciel, l'air de ne pas bouger, de toujours les surplomber, la Vierge en fer-blanc aussi tourne sur elle-même, ballottée par le pays, de la poussière s'engouffre par la vitre brisée comme des pelletées de terre, sur les sièges propres, dans leurs bouches, leurs yeux, le conducteur actionne les jets d'eau, les essuie-glace se débattent, de l'eau noire s'écoule au coin du pare-brise comme des larmes tatouées, le gros finit par demander, toujours sans quitter la route des yeux : ils pensaient quoi de la mort, ces gens-là ?, et l'archéologue s'empresse de répondre pour combler le vide dans la cabine, le vide dans le jerrycan, le vide dans le désert : la mort n'était pas la mort, c'était une autre étape, le voyage continuait, tout était cyclique pour eux, tout se répétait..., et le gros murmure : comme cette putain de route, mais l'archéologue ne s'interrompt pas : on était vivant et mort à la fois à différentes étapes du cycle, la momification servait à prolonger la présence, on ne craignait pas de mourir, certains s'offraient même volontairement en sacrifice, pour prolonger le cycle, sûrs qu'ils renaîtraient, alors le gros finit par le regarder dans les yeux, un regard apaisé, comme rassuré, pas pour lui-même mais pour l'archéologue, et c'est à ce moment que celui-ci comprend que le commandant a prononcé son arrêt de mort, il s'écrie : non, non, attendez !, le vieux l'interrompt : les fossés aussi sont des portes vers le monde d'en bas, et : finalement, rien n'a changé, nos fosses communes ouvrent sur des fosses communes plus anciennes, à quoi bon creuser ?, et le gros demande : à quoi bon creuser, à quoi bon continuer à rouler, à quoi bon se poser des questions ?, et l'archéologue voudrait répondre parce que ce sont les mêmes interrogations qu'il a eues toute sa vie, dans son pays, les mêmes choses auxquelles pensent ces gens si différents de lui, mais il n'a pas le temps parce qu'un pick-up blanc les double à toute vitesse, queue de poisson, crissement de pneus, le gros freine en catastrophe, la remorque se met de travers et l'archéologue traverse le pare-brise.

Tout va très vite. Comme toujours dans ce pays. Sauf le désert, qui prend son temps. La violence va vite. Elle ne laisse pas respirer. Elle ne laisse pas penser. La violence, c'est un sac en plastique sur la tête. Et entre les moments de violence, tout s'arrête. Le pays, les gens. On vous retire le sac, on vous jette un grand seau d'eau glacée, on vous laisse là. Pour récupérer, respirer, penser. Mais ces moments entre les moments de violence sont rares et le meilleur usage qu'on peut en faire, c'est encore de se préparer à la violence à venir.

Trois hommes à l'arrière du pick-up. Gilet pare-balles sur tee-shirt noir, pantalon de camouflage, rangers, cagoule noire, casquette kaki et lunettes. Fusils d'assaut. Ils sautent de la plate-forme. Se ruent sur la cabine en criant des mots étouffés par les cagoules : des ordres, des insultes, le nom d'un cartel.

Peu importe, le rituel est connu, les mots encore plus inutiles que d'habitude. Portes ouvertes. Gros et Vieux mains en l'air. Mis en joue. Tirés par le col hors de la cabine. La chute. Par terre. Une botte sur le cou. Un canon sur la tempe. Des cris. Du mouvement. Le haut et le bas. L'asphalte et le ciel.

Le monde au ras du sol : le corps de l'archéologue inconscient, d'autres rangers qui passent, les canons des fusils. Au-delà, le désert.

Gros prononce le nom du Commandant.

— Ta gueule !

Gros prononce le nom du Gouverneur.

Un coup de pied dans sa gueule.

Gros se recroqueville pour se protéger et se tait. Mots inutiles, à double tranchant. Mots suicidaires.

Un homme descendu de l'avant du pick-up monte dans la cabine. Rangers.

Bruit de moteur. Pas celui du semi-remorque. Une accélération. Des cris. Des coups de feu. Un choc. Un corps qui s'écrase sur l'asphalte à plusieurs mètres.

Crissements de freins. Gros sort la tête d'entre ses bras. Le break noir a foncé sur les narcos. D'autres rangers en descendent. Treillis, gilets pare-balles, bérets, masques noirs, lunettes. Les mêmes fusils d'assaut. D'autres cris inintelligibles : des ordres, des insultes, le nom d'un bataillon.

Mots en guerre.

Là-haut, ça tire. La botte quitte son cou. Le canon quitte sa tempe. Gros roule, sort son arme, tire où il peut. Tous pareils, même uniforme, mêmes armes, mêmes méthodes, les bons et les méchants, le crime et la loi. Les uns signifient la vie, les autres la mort. Pas sûr. Et lesquels ?

Quand la fusillade s'arrête, Gros est sous la remorque. Il ignore comment il est arrivé là. Il n'a plus de balles. Il a du sang sur la chemise, il ne sait pas à qui. Il ne se dit pas que c'est le sien. Seulement qu'il venait de laver ses vêtements.

Vieux aussi est sous la remorque. L'archéologue à l'endroit où il est tombé. Six animaux noirs écrasés sur la route. La voix du Commandant dans sa tête : des coyotes, c'est ça, des putains de coyotes écrasés sur la route. Un seul militaire vivant qui avance vers la cabine en tenant en joue l'homme qui y est monté.

— Descends ! Descends ! Mains en l'air ! Écarte-toi du camion ! Écarte-toi !

L'homme descend, l'homme lève les mains, l'homme s'écarte, le militaire l'abat. Le militaire fait le tour des narcos à terre. Il les achève un par un. Même les morts. Les balles trouent l'asphalte. Combien se sont perdues dans le désert ? Le paysage est mort. Le silence se fait. C'est un de ces moments entre les moments de violence.

Le militaire retire ses lunettes, regarde l'horizon. Le seau d'eau glacée, pour lui aussi. Quand il a repris son souffle, il ordonne :

— Sortez. Dégagez-moi ça.

Ça, c'est les cadavres. Gros et Vieux font rouler les narcos dans le fossé, sur le bas-côté. Ils tombent parmi les ordures et les préservatifs usagés. Le militaire ramasse tous les fusils d'assaut et les range dans le coffre du break. Avec l'aide de Gros, il assoit les trois militaires morts à l'arrière. Masque et lunettes de soleil, pas d'émotion.

Portes fermées, vitres fumées, comme si de rien n'était. Il cherche un jerrycan d'essence dans le semi-remorque, ne trouve que celui de l'archéologue. Il le jette sur la chaussée. En trouve un plein dans le pick-up. Verse le contenu à l'intérieur et sur le capot. Recule, vide son chargeur sur le moteur. Le pick-up prend feu. Avec le chauffeur à l'intérieur. Méthodique, efficace : le militaire a l'habitude de ce genre de travail. Un des rares à ne pas faire les choses n'importe comment. Un des rares à tenir à sa vie.

Il revient près du semi. L'archéologue est assis par terre. Nez cassé, lunettes perdues. Le visage en sang. Il a perdu son chapeau. Il a perdu son sourire. Il n'est pas mort. Pas encore.

Le militaire s'approche de lui. Méthodique. Efficace. Une dernière mission à accomplir :

— Ordre du Commandant.

Gros a eu le temps de recharger. C'est à ça que servent ces moments entre les moments de violence : à se préparer à la violence à venir. Le militaire met l'archéologue en joue. Derrière, Gros vise la nuque du militaire. Gros fait feu le premier. Le masque et les lunettes du militaire volent au loin. Ils n'ont jamais vu son visage, ils ne le verront jamais : il n'en a plus. L'archéologue sonné ne comprend qu'après. Vieux dévisage Gros :

— Qu'est-ce que t'as fait ?

Gros ne répond pas. Il dit :

— Aide-moi à le mettre dans le break avec les autres.

Vieux le fait. Gros savait qu'il le ferait. Sinon, il était prêt à le tuer. Au point où il en est...

— Qu'est-ce qu'on va dire ?

— Qu'ils se sont entre-tués. Il en est resté un, il aurait aussi bien pu n'en rester aucun. Ils se sont entre-tués. J'ai eu le dernier narco. On a fait le ménage. Qui pourrait raconter la vérité ?

C'est une menace. Vieux ne répond pas. Ils assoient le cadavre défiguré et ferment les portes. Un pick-up en flammes, un break fermé : personne ne s'arrêtera. Personne n'est assez fou. Pas avec tout ce sang sur la route. Les rares véhicules feront demi-tour. Ou accéléreront. Dans ces cas-là, tout le monde comprend ce qui s'est passé. Le rituel est connu, les mots inutiles. On a l'habitude.

Gros revient vers l'archéologue. Il l'aide à se relever. Lui tend son chapeau qu'il a ramassé :

— Allez-vous-en.

— Dans le désert ?

— C'est mieux que le fossé.

— Qu'est-ce qui s'est passé ?

— Dans quelques siècles, des gens comme vous essaieront de l'expliquer. En attendant, il n'y a rien à comprendre. Vous êtes vivant.

L'archéologue saute par-dessus le fossé. Ils le regardent s'éloigner avant de remonter dans le semi. En partant, ils roulent sur le jerrycan en plastique noir.

Un canal d'irrigation à sec, une zone de brûlis, ils roulent sans rien dire, du sable tourbillonne au loin, le lézard monstrueux bat de la queue, les cactus avancent en procession, il y a encore des flammes dans le rétroviseur, il y a toujours des flammes dans les rétroviseurs, mieux vaut ne pas trop les regarder dans ce pays, encore moins se retourner, ne jamais regarder derrière soi, les remorques sont toujours pleines de cadavres, comme le passé, ils roulent, Gros a fait tomber à coups de pied les restes du pare-brise que l'archéologue a traversé, plus de vitre côté passager, plus de pare-brise, l'air chaud les recuit, la poussière dans les yeux : le désert remporte toujours ses guerres, ils roulent sans rien dire mais pensent aux nouvelles traces de sang sur la carrosserie et aux nouveaux impacts de balles, ils pensent que le Commandant va appeler, qu'il appellera d'abord ses hommes pour savoir si tout va bien, il doit le faire régulièrement, à moins que ce soit eux qui l'appellent, à son vrai numéro, pas celui que le Commandant a donné à Gros et qui doit être un faux sinon le Commandant n'appellerait pas Gros en numéro masqué, non ?, et comme ses hommes ne l'appelleront pas, ne répondront pas, le Commandant va se demander ce qui se passe, comprendre qu'il y a un problème, alors il appellera Gros et Gros devra lui mentir, Vieux a peur mais Gros ne pense pas que le Commandant se mettra en colère, ou plutôt si, il se mettra en colère pour la forme, pour montrer qu'il a du pouvoir, parce qu'on s'imagine que la colère est une marque de pouvoir dans ce pays, le pouvoir implique le droit de se mettre en colère contre les autres, de les insulter, de les humilier, c'est même la justification du pouvoir, crier en toute impunité sa colère contre le monde, faire payer aux autres ce que le monde nous inflige, à quoi bon le pouvoir sinon ?, exercer le pouvoir consiste à se venger du monde, mais dans le cas présent, le Commandant ne sera pas vraiment en colère, un homme comme le Commandant ne se met pas en colère parce qu'il a perdu quatre hommes ni parce qu'il en a perdu cent ou mille, sinon un homme comme le Commandant se mettrait en colère tout le temps dans ce pays, dans ce monde, non, un homme comme le Commandant se met en colère seulement si on lui vole son semi-remorque rempli de cadavres, ou qu'on découvre son semi-remorque rempli de cadavres, parce que ça signifie qu'il va perdre son pouvoir, que le Gouverneur filera en taule, à l'étranger ou sur la lune, et que lui, le Commandant, sera envoyé se battre quelque part en première ligne, et non seulement il n'aura plus le pouvoir d'insulter les gens mais il risque surtout de se retrouver au fond d'un fossé, parmi les ordures, les préservatifs usagés et les cadavres de tous les connards qu'il a fait jeter au fond des fossés, sur le bas-côté, voire même dans un baril d'acide, avec toute cette haine qu'un homme comme le Commandant a suscitée contre lui, tous ces gens insultés, tous ces gens humiliés, tous ces gens jetés au fond des fossés, sur le bas-côté, oui, plutôt dans un baril d'acide pour que le Commandant disparaisse, pour qu'il n'ait jamais existé, et le Commandant ne veut pas n'avoir jamais existé, c'est pour ça qu'il ne se mettra pas en colère quand Gros lui annoncera que le semi-remorque est en sécurité, voilà à quoi Gros pense pendant qu'ils roulent sans rien dire, à ça et au fait que ce semi rempli de cadavres en a déjà semé pas mal sur son passage, pas les cent cinquante-sept cadavres dans leur sac en plastique noir, d'autres cadavres, des cadavres nouveaux, ceux du garagiste et de son fils et de cinq narcos et de quatre militaires, comme si les cadavres se reproduisaient, comme si les cadavres faisaient des petits même dans la mort, Gros réalise que les cadavres ont une vie propre dans ce pays, qu'il y a deux pays, même pas superposés : enchevêtrés l'un et l'autre, celui des vivants et celui des morts, et qu'eux aussi se battent pour contrôler le territoire, et il repense à ses rêves, aux cadavres qui viennent le tirer par les pieds comme s'ils voulaient le convertir à leur cause, le faire changer de camp, comme s'ils disaient : viens, rejoins-nous, comme tu es devenu chauffeur de poids lourds pour ne plus avoir à faire la peau à qui que ce soit, tu peux te transformer en cadavre, les cadavres ne font la peau à personne, les cadavres ne s'insultent pas, ne s'humilient pas les uns les autres, et Gros imagine la paix des cadavres une fois tous les vivants convertis à leur cause, une fois remportée leur guerre patiente, le désert paisible fleuri de cadavres souriants, plus personne pour souffrir, se faire insulter, humilier, plus personne pour mourir, les cadavres ne souriront pas pour eux-mêmes mais pour les autres, les nouveaux cadavres, par solidarité, par amour, c'est étrange d'imaginer que les cadavres peuvent aimer, pense Gros, les chansons à la con le disent, pourtant : je t'aimerai par-delà la mort, Gros se dit toujours : contente-toi déjà d'aimer avant, d'aimer pour de bon, pauvre con !, avant d'éteindre la radio de colère, mais peut-être bien que les cadavres peuvent aimer, au fond, voilà qui lui fait repenser à la fille de Vieux, Gros se dit qu'il ferait bien d'aller dormir, pas seulement parce qu'il n'a dormi que quatre heures en deux jours mais aussi pour voir s'il la retrouve dans ses rêves, alors il dit à Vieux qui conduit : je vais me reposer, il faut qu'on fasse réparer cette réfrigération avant que ça pue vraiment, essaie de trouver un mécanicien dans un village, le plus paumé possible, et Vieux grogne que oui en regardant dans le rétroviseur, Vieux ne devrait pas tant regarder dans le rétroviseur, il ne devrait pas tant regarder en arrière, Vieux passe sa vie à regarder en arrière, à chercher dans les rétroviseurs des choses qui n'y sont pas, des gens restés sur le bord de la route, des mirages de chaleur, des ombres projetées dans son cerveau, il ne voit que des flammes, c'est pas bon, Gros sait bien que Vieux est à moitié fou et qu'il lui fera avoir des ennuis, mais il n'a pas le choix, encore moins qu'avant, alors il monte dans l'habitable, se couche et s'endort immédiatement, comme quoi ces histoires de conscience tranquille c'est de la connerie, Gros ne dort jamais aussi bien qu'après avoir tué, et comme ça faisait longtemps et qu'il en a tué deux, le garagiste et le militaire, peut-être aussi des narcos, il n'est pas certain, il a tiré à l'aveuglette, il dort d'autant mieux, comme un bébé, ou plutôt comme un mort, se dit-il avant de sombrer, avec horreur : comme un mort !

Dans son rêve bercé par le roulis infini du camion, les cadavres de la remorque sont toujours bien rangés dans leurs sacs en plastique noir tous pareils, alignés, parallèles, à l'inverse du monde extérieur, avec son chaos de cadavres jetés au fond des fossés, de stations-service et de pick-up incendiés, de breaks pleins de morts en travers de la chaussée, et il y fait toujours bien frais, on n'y sent pas l'odeur que Gros a sentie en montant dans l'habitacle et qui lui a fait demander à Vieux de trouver un mécanicien au plus vite, c'est toujours un refuge d'ordre et de propreté dans le chaos du monde, la cabine a cédé sous les assauts du désert mais la remorque résiste, sacro-saint sanctuaire à tombeau ouvert, hermétique mausolée, on a envie d'aller s'y allonger pour dormir enfin, baisser la garde, s'abandonner en toute confiance car les cadavres ne font la peau à personne, les cadavres ne s'insultent pas, ne s'humilient pas les uns les autres, et dans les strates les plus profondes, là où la remorque communique avec le monde d'en bas, Gros sait que reposent les cadavres des sacrifiés, la poitrine ouverte et le cœur arraché, cadavres écorchés, cadavres strangulés, cadavres décapités, cadavres de femmes jetés au fond d'un lac ou d'enfants enterrés vivants dans la montagne, les décharnés, tout un substrat de cadavres, toute une préhistoire de cadavres dont les siens sont les héritiers, le militaire qui est le premier à sortir de son sac pour s'approcher, Gros reconnaît son uniforme, ses lunettes et son masque, à quel moment les a-t-il récupérés sur la route ?, ses lunettes et son masque sur son visage arraché, Gros n'en a pas besoin pour l'identifier, c'est bien lui, il fait partie de sa famille, bienvenue !, comment es-tu monté ?, comment es-tu sorti du break ?, où as-tu trouvé un sac en plastique noir pareil à ceux des autres ?, peut-être en avait-il un avec lui tout exprès, peut-être que tous les militaires en ont un au cas où, il faut être prêt à mourir dans ce pays, ou alors les autres cadavres le lui ont offert en cadeau de bienvenue, par solidarité, parce qu'ils ont bien compris que la place de ce militaire est dans cette remorque, pas dans le break, dans cette remorque avec la grande famille des cadavres de Gros, et le militaire s'approche pour le tirer par les pieds mais Gros n'a plus peur, il sait maintenant que c'est aussi par solidarité, par amitié, une façon de dire : viens, rejoins-nous, reconvertis-toi en cadavre, les cadavres ne font la peau à personne, les cadavres ne peuvent pas être tués, c'est notre seul privilège, notre unique supériorité, alors Gros ne gémit pas quand le militaire lui attrape le pied, ni lorsqu'un des narcos le rejoint, deux balles entrées par l'abdomen et ressorties sous l'omoplate, tirées par en dessous, perforation du poumon, pas de doute, c'est bien un des membres de la grande famille des cadavres de Gros et Gros l'accueille comme il se doit, bienvenue !, le cadavre du narco répond : alors c'est à ça qu'il ressemble, ce camion plein de cadavres ?, et Gros comprend que les narcos ne les ont pas attaqués par hasard, ils savaient ce que le semi-remorque transportait, quelqu'un le leur a dit, quelqu'un a trahi le Gouverneur, le Commandant ?, quel intérêt aurait le Commandant à trahir le Gouverneur ?, Gros imagine des tas de raisons, tout peut arriver dans les rêves et tout peut arriver aussi dans un pays comme celui-là, où tout est absurde, où rien n'a de valeur à part la mort, tant d'argent viré sur un compte en banque, combien pour un gouverneur ?, mais ça pourrait être quelqu'un d'autre, le Gouverneur a des tas d'ennemis qui voudraient le dissoudre dans un baril, sans compter ceux qui veulent l'envoyer sur la lune, à ce moment précis le téléphone de Gros se met à sonner, comme par hasard, alors Gros décroche par réflexe, dans un demi-sommeil, et le militaire et le narco lâchent ses pieds car ils savent bien qui appelle, eux n'ont plus peur, mais lui ?, Gros arrive à peine à ouvrir les yeux, endormi il y a quelques minutes à peine après deux jours sans dormir, articule : Commandant ?, et le Commandant répond : qu'est-ce qui se passe ?, et malgré la torpeur Gros comprend que le Commandant sait déjà qu'il y a eu un problème, il le teste, alors Gros déballe tout : les narcos, les militaires, sauf pour le dernier qui lui jette un regard complice depuis le fond de la remorque, Gros explique qu'ils se sont entre-tués et qu'il a abattu le dernier narco survivant, alors le Commandant demande : et l'archéologue ?, Gros répond : il s'est enfui pendant la fusillade, alors le silence se fait, un silence très long, comme si le

Commandant réfléchissait à la meilleure façon de se débarrasser de Gros, de faire en sorte que Gros n'ait même jamais existé, parce qu'il ne le croit pas, c'est certain, il veut bien croire que Gros s'en est tiré parce qu'il sait que Gros n'a pas froid aux yeux, mais l'autre con de Vieux et un archéologue étranger..., pourquoi Gros lui ment-il ?, le Commandant cherche à comprendre, d'une certaine façon il pense que Gros ressemble à ses hommes, que les mêmes ordres servent à le faire attaquer ou se coucher, qu'il mord pour les mêmes raisons, qu'il fait le beau quand on lui dit, et il aurait eu raison il y a quelques jours, sans doute plus maintenant, non, sans doute plus, le Commandant n'imagine même pas que les chiens puissent cesser d'obéir, le Commandant croit au dressage et à la peur des coups, alors il jette un os : les journalistes ont trouvé les véhicules avant nous, ils en parlent à la radio, ils parlent d'un semi-remorque blanc, ce n'est qu'alors que Gros parvient à ouvrir les yeux, parce que les journalistes c'est pas bon, c'est même pire que cette réfrigération qui ne marche plus, sans compter que : qui a pu leur parler du semi à part l'archéologue ?, non, c'est pas bon, une colère souterraine affleure dans la voix du Commandant quand il dit : vous allez me foutre le feu à ce putain de camion, tant pis pour la loi et tant pis pour le Gouverneur, vous vous arrêtez dès que vous pouvez et vous foutez le feu à ce putain de camion, tu m'entends ?, Gros est tenté de répondre : non, je ne vous entends pas, mais ce serait absurde, même dans un pays comme celui-là, Gros qui retombe dans le sommeil malgré ses efforts s'en rend bien compte, alors il dit seulement : je vous entends mal, Commandant, ça coupe, et quand le Commandant répète en se mettant en colère, pour de vrai cette fois, le genre de colère dont on remplit des barils d'acide, Gros dit : allô !, Commandant ?, allô !, je ne vous entends plus, avant de couper la communication et d'éteindre son portable, il soupire comme s'il avait finalement trouvé la solution à leurs problèmes, il suffisait de couper la communication, Gros ferme les yeux et la voit tout au fond de la remorque, cadavre timide, morte sans exigence, l'adolescente menue à la peau claire, Gros se demande pourquoi elle n'approche pas, pourvu qu'elle n'ait pas peur de moi !, plus maintenant, avant elle aurait pu, à l'époque où lui-même avait peur, à l'époque où il tuait pour ne pas penser à sa mère et à sa sœur et à sa peur de rester tout seul sans personne, mais plus maintenant, sa peur fait mal à Gros, après tout il n'a peut-être pas tant changé, est-ce qu'il n'a pas deux nouvelles larmes à tatouer ?, se reconvertir en chauffeur de poids lourds ne suffit sans doute pas, pas de deuxième chance dans ce pays-là, le désert ne change pas, alors les hommes..., mais Gros sait qu'il a changé, espère changer encore, gémit sur la couchette parce qu'elle ne le croit pas, et c'est alors qu'il remarque qu'elle tient toujours quelque chose dans les mains, quelque chose de noir, cette fois il comprend, il regarde mieux le côté gauche de sa poitrine et repère l'entaille à l'endroit du cœur, tout un substrat de sacrifiés, toute une histoire de sacrifiés, toute une culture de sacrifiés qui remonte à la surface dans cette grotte millénaire, alors l'adolescente menue à la peau claire tend les mains et Gros voudrait pouvoir accepter l'offrande mais c'est le moment que choisit Vieux pour cogner à la paroi de l'habitacle et crier : on est arrivés !, alors la fille de Vieux rentre dans son sac en plastique noir pour retourner s'allonger à côté de Patron avec son crâne fendu à l'arrière, de l'adolescent brun avec sa boucle d'oreille, à côté des décapités, à côté du militaire au visage arraché et du narco au poumon perforé, au-dessus d'une infinité de sacrifiés, la poitrine ouverte et le cœur arraché, écorchés, strangulés, noyés ou décapités, encore et toujours décapités, les décharnés, et Gros n'a pas envie de faire la peau à Vieux qui l'a réveillé après quelques heures de sommeil, tout simplement parce qu'il n'a plus envie de faire la peau à qui que ce soit.

Le soir tombe. Le grand seau d'eau glacée rafraîchit l'air. Rince le sang par terre vers les coins. À l'horizon, la plinthe du ciel en est maculée. Sur sa chaise, les mains attachées dans le dos, le monde s'abandonne.

Ils sont garés le long de la route, devant un petit hangar en bois couvert de tôle. Quelques carcasses de voitures rouillent dans la cour. Des chiens profitent des derniers rayons du soleil. Dans une heure, il fera nuit. À côté du hangar, devant une fosse creusée à même la terre pour les vidanges, une vieille pompe à essence, surmontée de l'enseigne d'une compagnie pétrolière disparue depuis longtemps. Une dizaine de mètres en retrait, une maison carrée, sans étage, probablement une seule pièce pour toute la famille. L'unique fenêtre n'a pas de carreaux, seulement une grille en fer forgé. De la fumée s'échappe d'une porte fermée par un rideau. Du linge flotte sur une terrasse à laquelle mène une échelle en branches. Sur la chaux du mur, une publicité peinte à la main pour des sodas. À environ un kilomètre, on distingue un village qui a l'air d'être là depuis toujours, les gens ont dû sortir directement des cavernes pour venir s'y installer.

Tout est plat, écrasé de ciel. Comme des mourants qui rampent, les ombres cherchent à s'enfuir en vain.

Gros et Vieux descendent.

Un homme les observe depuis l'entrée du hangar, le soleil bas dans les yeux. Torse nu, de la graisse dans les cheveux, il s'essuie les mains dans un torchon sale. Il n'a pas dû souvent voir passer des semi-remorques sur cette route. Gros se demande comment Vieux a eu l'idée de venir ici. La route est mauvaise, un village pareil ne doit même pas figurer sur les cartes. Est-ce que Vieux connaît la région ? D'où a-t-il dit qu'il venait, déjà ? Gros devient méfiant. Il regarde Vieux qui s'approche du garagiste. Est-ce qu'ils se connaissent ?

— On a un problème de réfrigération.

C'est tout ce que dit Vieux. L'autre acquiesce, comme s'il savait déjà. Il s'approche du semi, voit les impacts de balle, fait comme si de rien n'était. Il est si petit qu'il pourrait passer sous la remorque presque sans se baisser.

Gros remarque que les chiens sont réveillés. Toujours assis, ils reniflent l'air. Ils sont maigres, pelés, couverts de plaies ouvertes. Couleur de terre rouge. Gros fait le tour du semi. Quelques nouveaux impacts sur la calandre, difficiles à repérer. Pas de sang, à part sur les jantes. Ça partira en roulant. En attendant, on croira qu'ils ont écrasé un coyote.

Gros va à l'arrière. Les portes sont bien fermées. Sous l'auvent du hangar, Vieux l'observe. Comme s'il avait peur que Gros ouvre. Comme si les rôles étaient inversés. Il boit un soda qu'il a pris dans une caisse sur une table encombrée de pièces détachées.

Gros rallume son portable. Le Commandant va vraiment se mettre en colère, sinon.

Une grosse femme sort de la maison, grimpe difficilement à l'échelle, récupère le linge et rentre sans leur adresser un regard. Une voiture passe au loin en direction du village. Les chiens se sont levés, ils s'approchent de la remorque.

Impossible d'ignorer l'odeur. Le garagiste ne peut pas ne pas l'avoir sentie. Il fait comme si de rien n'était. Il est de ces gens qui doivent toujours faire comme si de rien n'était. Il le sait. Question de survie. Il n'imagine même pas qu'il existe, quelque part, dans un autre pays, des gens qui pourraient poser des questions. Poser une question est un luxe que des gens comme lui ne peuvent pas s'offrir.

Comme Gros s'approche, le garagiste dit tout bas, comme s'il craignait d'offenser :

— Ma femme a préparé à manger.

Gros traduit : j'en ai pour longtemps. On ne dit pas les choses comme ça, dans ce pays. On a peur de fâcher. On cherche toujours une façon positive d'annoncer les mauvaises nouvelles. Question de survie. Encore...

Les chiens reniflent la remorque. Il y en a un qui se met debout contre les portes arrière. Le garagiste ramasse une pierre et le chasse. Les chiens s'éloignent puis reviennent prudemment, ce sont des chiens habitués aux pierres. Le garagiste en ramasse une autre. Gros dit :

— Laissez tomber.

Et, comme s'il devait bien une explication à cet homme qui n'a jamais connu le luxe de poser des questions :

— Il y a de la viande, là-dedans.

Immédiatement, il a honte et s'éloigne. Le garagiste le regarde avec surprise, il a l'air de réfléchir un moment avant de se remettre au travail.

Gros rejoint Vieux à l'entrée du hangar. Il prend un soda. Sur la table, une radio grésille ses chansons d'amour. Gros boit une gorgée, c'est chaud, il dit :

— Éteins.

— Pourquoi ?

— Les journalistes parlent du semi.

— On ne devrait pas plutôt écouter pour savoir ce qu'ils disent ?

— Ça changerait quoi ?

Vieux éteint la radio. Ils boivent en silence. En regardant le désert. C'est un de ces moments entre les moments de violence. Dans le crépuscule, on ne distingue presque plus les lignes noires des montagnes comme des murs au loin. On se croirait presque libre.

Au bout d'un moment, Vieux désigne la remorque :

— Je me demande à quoi ça ressemble, là-dedans. Après tous ces coups de freins, sans réfrigération...

Gros sait parfaitement où il veut en venir. Vieux n'a pas changé d'idée, Vieux voudrait être un des chiens pour avoir le droit de gratter à la porte de la remorque. Mais Gros a changé, lui. Sans quitter l'horizon des yeux, il répond :

— On ne peut pas savoir. C'est comme ça. On conduit sans savoir où on va ni ce qu'il y a à l'arrière. Des fois, je me dis que c'est pareil pour Dieu...

— Quoi ?

— Le monde, c'est comme un grand semi-remorque que Dieu conduit sans savoir ce qui se passe à l'arrière. Il est enfermé dans la cabine et fonce, les yeux fixés sur la route pour ne pas finir dans le fossé...

— Pourquoi il fonce ?

— Peut-être qu'il veut arriver vite parce qu'il soupçonne que les choses se passent mal à l'arrière...

— Arriver où ?

Gros ne répond pas. Il a repéré un véhicule au loin. Il a l'air de s'approcher, et Gros sait déjà ce qui va se passer. Dieu se charge aux amphétamines pour ne jamais s'arrêter. Le moment entre les moments de violence prend fin. Il est temps de se préparer...

Gros jette sa bouteille vide au loin. Elle éclate parmi les ordures. Un chien s'approche, renifle, retourne à la remorque. Gros allume une cigarette.

Le véhicule finit par arriver. C'est un break noir, exactement le même que l'autre. On croirait que les quatre cadavres les ont suivis. Un break conduit par des cadavres à la poursuite d'un semi-remorque rempli de cadavres. Ce pays, ce monde. Comment ont-ils fait pour les retrouver si vite ?

Quatre militaires descendent. Mêmes uniformes, des casques à la place des bérets, des gilets pare-balles lourds. Les cadavres se sont équipés... Ils évaluent la situation.

Les chiens se battent derrière la remorque, grognent, grattent la porte, se jettent contre en jappant. Un des militaires s'approche et les abat tous d'une seule rafale. Le garagiste se relève surpris :

— Qu'est-ce que...

Une balle l'atteint en pleine poitrine. Pas de questions, jamais...

Le gradé ordonne à ses hommes de nettoyer et désigne la maison. Après, il rejoint Gros et Vieux sous l'auvent. Sans rien dire, il prend une bouteille de soda qu'il vide d'un trait. Il fait la grimace et murmure : c'est chaud. Il pose la bouteille vide sur la table, remet la radio et monte le son.

— On fait cramer le camion. Ordre du Commandant. Toi, fais le plein du break.

Il jette les clés à Vieux.

Gros et le gradé restent seuls. Un militaire traîne le corps du garagiste à l'intérieur du hangar, un autre jette les chiens dans le fossé, sur le bas-côté. Le troisième se dirige vers la maison. La radio dit : « ... recherche d'un semi-remorque blanc impliqué dans une fusillade entre... ». Le gradé reprend un soda. Une détonation résonne dans la maison, suivie de deux autres. Le garagiste et sa femme ne vivaient pas seuls. Il demande :

— C'était nécessaire ?

— Le Commandant a dit : aucun témoin.

Gros et Vieux aussi sont des témoins. Le militaire revient de la maison avec une casserole dans laquelle il se sert. Il en offre au gradé. Pas à Gros. Les cadavres n'ont pas faim. Le gradé pose sa bouteille de soda juste à côté de la première. Il en ouvre une troisième et mange. La nuit est tombée. Le sang a noirci en séchant sur la plinthe du ciel. Les autres militaires les ont rejoints. Ils mangent et boivent des sodas debout autour de la table en écoutant la radio. Retour des chansons d'amour, il n'est plus question du semi, rien de plus qu'une anecdote dans ce pays-là, on passe déjà à autre chose. Personne ne parle. Aucun véhicule sur la route. Gros n'a pas bougé.

Finalement, le gradé pose sa troisième bouteille derrière les autres entre les pièces détachées, ses hommes ont fait pareil, une petite file de six bouteilles vides bien rangées, alignées, parallèles, rassurantes dans le chaos du monde. Il dit :

— Allez, foutez-moi le feu à tout ça.

Gros pense : à quoi bon aligner parfaitement ces bouteilles en sachant que tout va bientôt brûler ? Aucun alignement ne dure jamais longtemps, dans ce pays, dans ce monde. Mais le gradé a raison : ce n'est pas pour autant qu'il ne faut pas essayer.

À cet instant précis, un moteur démarre dans la nuit. Gros reconnaît celui de son semi-remorque. Les militaires se jettent sur les fusils d'assaut posés sur la table, entre les pièces détachées. Les bouteilles de soda se brisent au sol. Dans l'éclat de quelques rafales tirées à l'aveuglette, on voit le semi avancer vers la route tous feux éteints. Le gradé crie :

— À la voiture !

Gros a le choix : rester avec eux et se faire faire la peau

ou rattraper le semi et se faire faire la peau. Toujours les mêmes choix qui n'en sont pas dans ce pays, dans ce monde. Plus tard, il se dira qu'il aurait pu tout simplement disparaître dans la nuit. Alors il essaiera de disparaître, mais trop tard. Pour l'instant, il applique sa stratégie de toujours, celle qui lui a valu de survivre plus longtemps que tous ces enfants avec leurs larmes tatouées au coin de l'œil : choisir l'option qui laisse du temps. L'unique droit, la seule liberté : gagner un peu de temps avant la mort.

Gros court vers le semi aussi vite que ses jambes de gros le lui permettent. Il saute sur le marchepied et s'agrippe à la fenêtre cassée juste à temps.

Vieux le voit, pointe son arme sur lui et crie :

— Ils ne me la prendront pas ! Ils ne nous les prendront pas !

Et puis il jette son arme sur le siège et tend la main à Gros pour l'aider à se hisser à l'intérieur.

Gros dit : tu vas nous faire tuer, mais sans colère, sans menace, il a toujours su que Vieux lui ferait avoir des ennuis, il aurait dû lui faire la peau au début, avant tout ça, mais alors il n'aurait pas pu conduire le semi-remorque tout seul vingt-quatre heures sur vingt-quatre et c'est le Gouverneur qui aurait fait faire la peau à Gros avant de filer sur la lune, trop tard maintenant, Gros a accepté la situation et ne compte plus faire la peau à personne, faire la peau à quelqu'un pour ne pas qu'un autre vous fasse la peau, voilà le genre d'absurdité dont crève ce pays, Gros ne veut plus jouer le jeu, tant pis, on verra bien, il s'est donné un peu de temps, pas beaucoup, il regarde dans le rétroviseur et répète : tu vas nous faire tuer, c'est une certitude, les narcos veulent le semi, les militaires veulent le semi, les flics veulent le semi, tous ces gens semblables, qui s'affrontent et travaillent ensemble, mêmes uniformes et mêmes armes, mêmes méthodes et mêmes mentalités, nulle part où te réfugier, personne pour te protéger, personne n'oserait, aucun droit, les lois n'existent pas, les lois pourrissent au soleil des fossés avec les ordures, les préservatifs usagés et les cadavres, le lézard monstrueux a faim, langue gluante, salive venimeuse, les écailles glacées du désert tremblent, le pays tout entier veut la peau de Gros et Vieux, pas seulement les narcos et les militaires et les flics mais aussi les cactus et les fossés et les routes et les chiens, partout où on pose le pied : les crocs, le venin, l'acide, sur son fil d'asphalte le semi fait ce qu'il peut pour conserver l'équilibre, le pays attend en bas, question de temps, il finira par tomber, sans filet, la foule hue, le monde tourne, nulle part où aller, hors du monde ?, s'envoler ?, tout le monde finit par retomber..., alors Gros accepte l'idée, l'a acceptée il y a longtemps, a toujours su qu'il deviendrait une larme tatouée au coin de l'œil de quelqu'un, on y est, le tatoueur affûte son aiguille, il dilue ses encres, Gros n'est plus ce cadavre raté dont l'idée l'amusait, il est un cadavre peut-mieux-faire en progrès, un cadavre sur la bonne voie, pourtant : rien dans le rétroviseur, pas d'incendie dans la nuit, pas de phares, alors Vieux fait tinter des clés : le trousseau que le gradé lui a donné pour faire le plein, et il dit : j'ai aussi crevé les pneus, et encore : de toute façon, il n'y avait pas d'essence dans cette pompe, après quoi il jette les clés par la fenêtre brisée et Gros sourit, Gros s'installe plus confortablement dans le siège, comme s'il voulait s'endormir, Vieux n'a pas allumé les phares, on distingue à peine la route, rien d'autre, le pays n'existe plus, les fossés avec leurs ordures et les préservatifs usagés et les lois, le désert avec ses cadavres desséchés, même le mur noir des montagnes de chaque côté, c'est comme s'évanouir pendant la torture : disparus la chaise, la capuche, le fil barbelé, aussi les bourreaux, même ton corps, ne reste que la conscience qui flotte, ta conscience, une conscience, délestée des chairs mutilées, quelque part, et rien, on voudrait que ça dure toujours, le répit du coma, l'absence de soi, du pays, la fuite, le seul voyage, mais soudain le semi-remorque percute quelque chose, bruit mou sur la calandre, Gros se redresse, la conscience remboîtée dans le corps à coups de marteau, Vieux demande : c'était quoi, ça ?, et Gros : quelle importance ?, mais il se repent aussitôt, c'est le genre de choses qu'il aurait pu dire avant, à l'époque où il ne faisait pas de différence entre un homme et un chien, entre un vivant et un mort, entre un mort et un autre mort, quand c'était tout pareil, mais lui au moins a changé, voilà pourquoi il ajoute : sans doute un coyote, et, comme à regret, résigné à se réveiller dans ce pays-là : tu devrais allumer les phares, alors Vieux allume les phares, la route réapparaît, toute droite, toute plate, elle ne va plus jusqu'à l'horizon, elle aussi sait bien qu'ils n'y arriveront pas, qu'ils n'ont de futur que les quelques mètres d'asphalte qui se dérobent devant eux, des animaux du désert s'écartent dans l'obscurité comme par respect, le respect qu'on devrait avoir pour les morts mais qu'on a perdu depuis longtemps dans ce pays, dans ce monde, sur le bas-côté les animaux du désert font une haie d'honneur au cortège funèbre, des larmes dans les yeux, et le semi-remorque file à toute vitesse sur ce petit bout d'asphalte qui s'enfuit vers les étoiles devant eux, alors Gros se souvient de ce que sa mère lui racontait, le soir, sur le seuil de la cabane en moellons que leur louait Patron, la cabane avec un toit en tôle à deux heures de marche de la maison de Patron où la mère et la sœur de Gros allaient chaque jour travailler, il n'y avait pas grand-chose à faire le soir, on n'avait pas d'électricité, on économisait la bougie, alors on racontait des histoires, toujours les mêmes parce qu'on n'avait pas vécu assez pour en connaître beaucoup, surtout : rien d'assez beau pour mériter qu'on s'en souvienne, encore moins qu'on le raconte, alors on parlait des étoiles, au moins ça c'est beau, la mère de Gros montrait ce ciel du désert à Gros qui n'était pas encore gros et à sa petite sœur, assis tous les trois sur le sol en terre battue, et leur parlait de la ville où elle était partie pleine d'espoir pour revenir quelques mois plus tard enceinte de Gros, aussi seule et aussi pauvre qu'avant, avec l'espoir en moins mais avec le fœtus de Gros en plus, elle leur expliquait qu'il y a tellement de lumière dans la ville qu'on ne voit pas les étoiles, et Gros n'arrivait pas à comprendre, parce que les étoiles c'est de la lumière, comment est-il possible qu'on ne voie pas la lumière des étoiles à cause de la lumière ?, normalement la lumière permet de voir, comment est-il possible que ce soit là où l'obscurité est la plus forte qu'on voie le mieux la lumière ?, Gros n'arrivait pas à comprendre mais aujourd'hui il comprend parfaitement : les étoiles brillent malgré la nuit très noire, les étoiles brillent d'autant plus que la nuit est très noire, et cette nuit elles brillent exactement comme elles brillaient à l'époque, au-dessus du toit de tôle de la cabane en moellons, c'est rassurant, malheureusement c'est le moment que choisit le Commandant pour appeler : il n'y a pas d'étoiles à l'intérieur de la remorque, se dit Gros, seulement la nuit très noire, il soupire : on leur a enlevé même les étoiles, Vieux ne comprend pas, le portable de Gros continue de sonner, Gros ne se souvenait pas l'avoir rallumé, répondre ou pas ?, qu'est-ce que ça change ?, on est des morts en devenir, moi, tout le monde, le Gouverneur et le Commandant aussi, tout le monde sauf les morts, alors il décroche mais ne dit pas : Commandant ?, comme les autres fois, il ne dit rien, c'est le Commandant qui demande, de sa voix en colère de Commandant à qui on a volé son semi-remorque rempli de cadavres : tu es où, connard ?, et Gros : quelque part sur la route, il fait nuit, et le Commandant : non, connard, je veux dire dans le camion, tu es où ?, et Gros, un peu étonné de sa question : dans la cabine, sur le siège passager, alors le Commandant : non, connard, pas du tout, tu n'es pas dans la cabine, tu crois que tu es dans la cabine mais tu es dans la remorque, pas dans un sac en plastique noir parce que tu n'auras même pas droit à ça, tu es dans la remorque parce que tu es déjà mort, et Gros : oui, je sais, et cette réponse à laquelle il ne s'attendait pas calme un peu la colère du Commandant, il y a un silence, le Commandant essaie de comprendre ce que Gros a voulu dire mais pas la peine d'essayer de lui expliquer que la vie et la mort c'est la même chose, le Commandant ne peut pas comprendre, alors il prend la réponse de Gros pour une marque de respect, Gros ne veut pas le contredire, Gros sait parfaitement que le Commandant a raison, il n'essaie même pas d'argumenter, il accepte le verdict, le Commandant se dit que c'est dommage de faire cramer un connard comme ça, un qui n'a pas froid aux yeux et sait reconnaître le pouvoir, alors il prend les choses autrement, il dit : je sais que c'est l'autre con qui a volé le camion, toi tu n'as fait que le rattraper, peut-être que les choses s'arrangeraient pour toi si tu l'arrêtais maintenant, le Gouverneur comprendrait bien que c'est pas de ta faute..., Gros sait parfaitement que le Commandant ne pense pas un mot de ce qu'il dit, et vu qu'il ne répond pas, le Commandant continue : pourquoi il l'a volé, ce putain de camion, d'ailleurs ?, qu'est-ce qui se passe dans sa putain de tête ?, et Gros répond : il croit que sa fille est à l'arrière, alors le Commandant : quoi ?, qu'est-ce que tu racontes ?, et Gros explique que la fille de Vieux a disparu et que Vieux pense que son cadavre pourrait se trouver dans la remorque et qu'il ne veut pas y foutre le feu avant de savoir et que peut-être qu'il accepterait de rendre le camion si on lui laissait le temps de vérifier, mais le Commandant éclate de rire, le genre de rire qui remplit les barils d'acide, après quoi il dit, d'une voix aussi noire que le noir dans la remorque : je sais bien que sa fille est morte, c'était il y a dix ans, elle s'est pendue et c'est ce pauvre con qui l'a décrochée, alors Gros se tait, il regarde Vieux et Vieux le regarde, à travers l'obscurité de la cabine illuminée par les voyants du tableau de bord, le voyant rouge avec le flocon de neige et les autres, ils se dévisagent, les yeux de Vieux ont l'air de dire : quoi ?, qu'est-ce qu'il dit ?, et Gros essaie de lire dans ces yeux-là si Vieux est un menteur ou un fou, Gros essaie de comprendre, il repense à la scène dans la station-service, pourquoi Vieux a-t-il essayé de s'introduire en douce dans la remorque en sachant pertinemment que sa fille n'y est pas ?, pourquoi a-t-il risqué que je lui fasse la peau ?, et voler ce camion aux militaires, crever les pneus du break, quelle autre raison que l'amour qu'il porte à sa fille et qui le fait gémir dans son sommeil pourrait l'avoir poussé à faire ça ?, mais soudain Gros se dit que c'est peut-être le Commandant qui ment, qu'il essaie de le manipuler, alors il demande : pourquoi elle a fait ça ?, et aussitôt qu'il a posé cette question, Vieux tourne à nouveau la tête vers lui comme un insecte qui voit arriver la langue du lézard venimeux, Vieux a deviné ce que le Commandant vient de dire à Gros, il sait de quoi ces deux-là parlent, par prudence Gros regarde l'arme de Vieux qui est toujours posée sur la banquette entre eux, Vieux aussi la regarde, juste au moment où le Commandant répond à Gros : tu n'as qu'à le lui demander toi-même, connard, puisque tu es si malin !, et il rit quelques barils d'acide avant de raccrocher.

Vieux demande : qu'est-ce qu'il a dit ?, Gros répond : qu'on était déjà morts, et Vieux : comme si on ne savait pas… quoi d'autre ?, Vieux sait très bien ce que le Commandant a dit mais il veut savoir ce que Gros en pense, ce que Gros va faire, s'il a cru le Commandant, Gros serait bien du genre à ne pas faire de commentaires, à quoi bon ?, il ne croit pas aux mots, personne ne croit aux mots, mots à double tranchant, en guerre, Vieux pense que Gros penserait : chacun ses fantômes qui viennent nous tirer par les pieds, chacun ses mensonges pour rester vivant, et lui ferait la peau après pour l'avoir embarqué là-dedans, Vieux regarde le pistolet, Gros regarde le pistolet, ils se regardent, Vieux doit jeter des coups d'œil à la route, animaux du désert qui s'enfuient devant le camion, toute une vie qu'on n'imaginerait pas de jour, une vie cachée qui résiste autour des fossés, sur le bas-côté, toute une vie qui se nourrit de toute la mort qu'on entasse au fond des fossés, et finalement Gros dit : il a dit que ta fille s'est pendue il y a dix ans, alors Vieux : et puis ?, et Gros : c'est tout, que c'est toi qui l'as décrochée, Vieux dévisage Gros dans l'obscurité, il n'a pas l'air de mentir, il n'en sait pas plus, Vieux respire, ça aurait pu être pire, le Commandant aurait pu parler des coups qui ont tué sa femme, il aurait pu dire à Gros pourquoi sa fille s'est pendue, cette question viendra, elle viendra même si elle n'est pas posée, elle s'assoira entre eux, sur le siège du milieu, comme l'archéologue, en silence, elle attendra, quoi ?, pas une réponse, Vieux n'en a pas, même pas pour lui, même pas pour ses propres questions, incapable qu'il est de répondre à ses propres pourquoi, lui qui les fuit depuis dix ans, dix ans de course-poursuite avec lui-même, le passé en filature, dix ans à regarder dans le rétroviseur pour accélérer dès que les pourquoi se rapprochent, mais la fin de la route n'est plus loin, il sera bientôt mort, Gros aussi, la question ne sera peut-être jamais posée, défenestrée comme l'archéologue, pour la première fois de sa vie Vieux espère que la mort viendra vite, cette autre fuite, et il sourit à cause de tous ces cadavres dans la remorque, dans les fossés, dessus et dessous le désert, tous ces cadavres qui voulaient vivre alors que lui voudrait mourir et que la mort ne vient pas, la vie n'est pas juste, pas juste avec les morts et pas juste avec les vivants, il l'a compris le jour où il a soulevé le cadavre de sa fille sur ses épaules pour donner du mou à la corde, comme si les cadavres pouvaient respirer, comme si les cadavres voulaient respirer, les vivants ne veulent pas mourir mais les morts ne veulent pas vivre, à quoi bon revenir ?, pour vivre à nouveau avec la peur de mourir ?, Vieux a supplié sa fille de ne pas mourir mais sa fille ne l'a pas écouté, Vieux n'a jamais su comment parler à sa fille, encore moins la faire parler, les mots n'avaient pas le même sens, je t'interdis de revoir ce type, et elle le revoyait, gare à toi si je te revois fricoter, et elle fricotait, comment se faire comprendre ?, quelle langue employer ?, à force de s'écraser contre un mur de silence les mots s'endurcissaient, un coup de poing résonnait dans chacune de ses phrases, des sermons comme une ceinture qu'on retire, tu vois ce qui est arrivé à ta mère !, ses mots allaient toujours trop loin, s'éloignaient de Vieux comme s'ils en avaient peur, impossible de les retenir, il ouvrait la bouche et les mots fuguaient, alors les ramener, les amadouer, avec d'autres mots, ne plus essayer de briser le mur, plutôt le peindre de belles couleurs, pardonne-moi, j'ai juré de te protéger, c'est pour ton bien, chaque phrase dégoulinait sur le mur de silence comme un graffiti obscène, Vieux de la peinture plein les mains, la bouche maculée, des traces de ses doigts sur la peau claire de sa fille comme des cicatrices, pardon !, pardon !, je t'aime !, les mots poissaient, les mots souillaient, ils glissaient entre les doigts de Vieux, lui échappaient encore, disaient plus que Vieux ne voulait dire, connotations visqueuses, sous-entendus humides, Vieux tout englué se débattait pour se libérer, les mots prenaient le contrôle, c'est comme ça dans ces pays où on ne dit plus rien, on ne parle pas parce qu'on a peur de la réaction des autres et on finit par avoir peur aussi des mots, comme si c'était leur faute, mots coupables, mots ennemis, les mots font souffrir, les mots arrachent les ongles et brûlent avec une cigarette et brisent les doigts à coups de marteau, il faut se tenir à l'écart des mots, éviter les mots perdus et les dommages collatéraux, et si on ne peut pas faire autrement : obéir aux mots, les laisser commander, fais ceci, fais cela, les mots contrôlaient Vieux et les gestes suivaient, les gestes poisseux, les gestes souillés, je t'aime !, je t'aime !, Vieux otage de ses mots, kidnappé, un sac de sous-entendus sur la tête, Vieux étouffé de mots, je t'aime !, je t'aime !, Vieux barbouillait pour oublier qu'il ne savait pas aimer, badigeonnait, les deux mains dans la peinture, et au spectacle de ce mur tout souillé de taches criardes, de graffitis obscènes, l'envie de l'abattre le reprenait, brique par brique, le raser, comme s'il n'avait jamais existé, son acide à lui, sa colère, sa violence, sa jalousie, en un mot : sa haine, comme ce jour où il l'a décrochée, ne meurs pas !, pardon !, pardon !, je t'aime !, ses mots inutiles qui poissaient sur le nœud de la corde, j'ai juré de te protéger, de ne pas te faire de mal, j'ai fait de mon mieux, c'était pas moi, c'était les mots, et la colère, et la jalousie, et la solitude, et de ne pas savoir aimer, jamais il n'avait dit ça auparavant, et s'il le lui avait dit ?, s'il lui avait parlé de sa solitude ?, est-ce que les mots auraient rebondi sur le mur ?, j'ai juré à ta mère de te protéger, de ne pas te cogner comme je l'ai cognée, j'en ai trop fait, je ne sais pas aimer, mais j'ai juré, et toi tu me fais ça ?, tu n'as pas le droit, la colère monte, le sentiment d'échec, l'impuissance, la haine de soi, et toute cette solitude, de plus en plus de solitude, la faute de sa fille qui n'a pas su l'aimer non plus, comment aurait-elle su ?, où aurait-elle appris ?, plus personne ne sait aimer dans ce pays, dans ce monde, on n'aime pas, on aime mal, on fait mal en aimant, on tue d'amour, Vieux hait sa fille de n'avoir pas su lui apprendre à aimer, de n'avoir pas su le sauver, et il cogne, il cogne un cadavre auquel il ne peut plus faire de mal, de toute façon il a compris que les coups ne sont pas le pire, compris trop tard qu'il y a d'autres façons de faire du mal et de pousser quelqu'un à en finir, avec des mots, avec des sous-entendus humides, avec des caresses…, mais Gros interrompt les pensées de Vieux, Gros a pris le silence de Vieux pour une confession, demande pourquoi Vieux lui a fait croire que le cadavre de sa fille pouvait se trouver dans la remorque, Vieux répond en regardant ses mains comme si elles étaient maculées de peinture ou de sang : parce que j'ai juré de la protéger, Gros n'a pas l'air de voir le rapport, il essaie de comprendre, demande : c'est pour ça que tu dis que les vivants et les morts, c'est pareil ?, à cause du suicide de ta fille ?, Vieux répond par une question : ça veut dire quoi, pour toi, que les vivants et les morts c'est pareil ?, alors Gros : qu'on est tous des morts en puissance, qu'on est tous déjà morts, et Vieux : pour moi, c'est l'inverse, ça veut dire que les morts sont encore là, Gros réfléchit longtemps en regardant le désert, dit finalement : mes morts à moi viennent me tirer chaque nuit par les pieds, après tout eux aussi sont dans la remorque, ils sont partout où je vais, mais je n'ai pas juré de les protéger, après quoi ni Gros ni Vieux ne disent plus rien pendant des kilomètres, l'aube se lève, les fossés et la ligne noire des montagnes réapparaissent, la grande salle de torture moins sordide dans la clarté du matin, vide et silencieuse, un rayon de soleil s'immisce entre les carreaux cassés, fait briller les tenailles et les marteaux maculés de sang sec sur le sol en béton, l'espoir revient jusqu'aux premiers coups, Vieux regarde dans le rétroviseur et voit les chiens, des chiens tout maigres et tout rouges qui les poursuivent quelques kilomètres avant d'abandonner et que d'autres remplacent, alors Vieux prend conscience de l'odeur et dit : on ne peut pas continuer comme ça, il faut prendre une décision, et Gros lui demande à quoi il pense, Gros n'a pas l'air d'imaginer d'autre solution que la mort, il dit : tu veux aller où ?, à l'étranger ?, sur la lune avec ce putain de Gouverneur ?, ils nous trouveront où qu'on aille !, personne ne s'oppose à ces gens, ils déciment des familles jusqu'à ce que le père dénonce le fils, jusqu'à ce que les frères s'entre-tuent, plus de famille, plus d'amis, plus d'amour, seulement la terreur pour faire marcher tout ça à coups de marteau et de tenailles, pour empêcher que tout s'arrête, que tout s'écroule, personne ne nous aidera, ils ont trop peur, ils vivent un sac en plastique sur la tête, debout sur le rebord d'un baril rempli d'acide, une corde au cou, on est tout seuls au milieu d'un monde qui veut notre peau, et après un soupir, il ajoute : après tout, c'est peut-être ça qu'on appelle la vie..., et Vieux répond qu'ils n'ont qu'à aller en ville et remettre le semi-remorque aux journalistes, ils le veulent, non ?, Vieux s'imagine déjà garer le semi devant le palais du Gouverneur et sortir les cent cinquante-sept cadavres dans leur sac en plastique noir un par un pour les aligner, bien rangés, parallèles, sous ses fenêtres, comme s'ils étaient venus réclamer sa démission, la revanche des morts et sa vengeance à lui, Vieux, contre ce Gouverneur et contre ce pays et contre ce monde qui lui ont fait faire ce qu'il a fait, qui ont fait de lui ce qu'il est, le Gouverneur pourra bien faire tirer sur les manifestants, comme d'habitude, on ne tue pas les morts, tout le monde sera bien obligé de se rendre compte, plus personne ne pourra ignorer qu'on vit dans un pays de cadavres, les cadavres morts et les cadavres vivants, les cadavres dans des sacs en plastique noir et les autres, alors le Gouverneur filera tout droit en taule, à l'étranger ou sur la lune, avec les hommes politiques corrompus et les militaires assassins et les narcos, l'idée fait sourire Vieux mais Gros dit : tu es fou, plus de doute là-dessus, un journaliste aussi ça meurt, un journaliste aussi ça a peur, personne ne partira nulle part, personne ne part jamais, sauf au fond des fossés, ça ne marche pas comme ça, et si les coupables partaient, il resterait qui dans ce pays ?, toi, moi et des cadavres !, non, même pas moi : toi et les cadavres... alors Vieux cesse de sourire et murmure : non, pas moi non plus, seulement les cadavres, les cadavres sont les seuls innocents..., de toute façon on n'ira pas en ville, ajoute-t-il en désignant la route devant : deux breaks noirs la barrent, des militaires autour, comment ils nous ont retrouvés ?, Gros hausse les épaules : la route est toute droite, sans compter qu'ils ont des hélicoptères et des satellites et qu'ils traquent sûrement mon téléphone, en disant ça il l'envoie par la fenêtre brisée rejoindre le trousseau de clés et les ordures et les préservatifs usagés et les cadavres, alors Vieux : on fait quoi ?, et Gros : fonce !, et c'est ce que Vieux fait, il accélère en actionnant la trompe et se penche en avant pour éviter les balles, dans la même position que le cadavre du gamin de la station-service, Gros fait pareil, les deux se préparent au choc, Vieux accélère encore, les balles déchiquettent le haut des sièges et la couchette comme des flèches d'obsidienne, décapitent la Vierge en fer-blanc, puis vient le choc, le semi-remorque ne ralentit pas, Vieux et Gros, yeux fermés, entendent les crissements du métal mais pas les cris ni même les détonations, et ne se relèvent que quand les roues crissent sur le gravier du bas-côté, de peur de basculer dans le fossé, de finir leur course dans le désert, ils voient le sang sur le tableau de bord et, dans le seul rétroviseur qui reste, les breaks sur le toit et les corps sur la route, alors ils respirent, parce qu'ils ont retenu leur respiration tout ce temps, sans s'en rendre compte, la tête dans un seau d'eau, dans un chiotte, le sac en plastique, Vieux dit : on est passés, Gros répond : il y aura d'autres barrages, avec des tanks et des armes lourdes et des clous, ils finiront par avoir les pneus, on n'a aucune chance, et Vieux : on ne va pas en ville, alors ?, qu'est-ce qui nous reste ?, et Gros : la montagne, on se cache dans la montagne, comme ceux dont nous a parlé l'archéologue, ceux qui s'y réfugiaient pendant les guerres, Vieux acquiesce et ils font demi-tour dès qu'ils peuvent pour repartir à toute vitesse dans l'autre sens, les militaires ne s'attendent pas à ça, ils s'occupent des blessés sur la route, Gros et Vieux se baissent à nouveau, cette fois ils ne sentent que de petits cahots sous les roues et un ou deux chocs mous sur la calandre, les blessés ne sont plus blessés, ils sont morts, ils s'accrochent certainement au marchepied de la remorque pour monter rejoindre les autres, impossible de savoir : une balle a éclaté le deuxième rétroviseur, cette fois plus moyen de regarder en arrière, impossible de savoir si les chiens les poursuivent toujours, après quoi ils roulent en silence, le sang sèche vite sur le tableau de bord, noircit, se craquelle, on dirait le désert, le même désert à l'intérieur et à l'extérieur de la cabine, l'horizon s'éloigne et la route s'étire vers deux montagnes à l'horizon, si proches qu'on croirait qu'elles vont se jeter l'une sur l'autre, des cactus remplacent d'autres cactus, des vautours tournent en rond très haut dans le ciel avec l'air de ne pas bouger, de toujours les surplomber, le corps décapité de la Vierge en fer-blanc tourne toujours sur lui-même, de la poussière s'engouffre par la vitre brisée comme des pelletées de terre, sur les sièges déchiquetés par les balles, dans leurs bouches, leurs yeux, dans leur cœur, quelques-uns des chiens rouges qui se sont couchés sur le bas-côté pour reprendre haleine se relancent à leur poursuite, pas tous les jours qu'on a une deuxième chance dans ce pays, dans ce monde, surtout les chiens, Vieux demande : ça fait combien de temps qu'on tourne en rond dans ce désert ?, Gros répond : depuis toujours, et Vieux : je voulais dire dans ce semi, Gros ne répond pas, au bout d'un moment ils repassent devant le garage où ils ont voulu faire réparer la réfrigération, il a brûlé, la maison aussi, des gens certainement venus du village sillonnent les décombres encore fumants à la recherche de quelque chose d'utile, ne serait-ce que du bois noirci ou des moellons pour construire d'autres taudis, d'autres chiens qui ressemblent à ceux que le militaire a tués se battent pour quelque chose, Vieux préfère ne pas savoir quoi, les cadavres ne sont pas perdus pour tout le monde, rien n'est jamais perdu dans ce pays, il y a toujours de plus misérables que ce qu'on laisse derrière soi comble de joie, du bois ou des moellons ou même un os, voilà ce qu'il se dit plus tard en passant devant ce qui reste du break noir, rien que le châssis, plus de moteur, plus de roues, plus de portes, même plus de cadavres de militaires à l'intérieur, le pick-up incendié aussi a été désossé, ça peut toujours servir, à vivre au milieu des cadavres on développe des réflexes de charognards, Gros regarde à droite et à gauche, demande : tu crois qu'il s'en est sorti ?, il parle de l'archéologue, Vieux s'étonne que Gros s'intéresse à son sort, Gros répond que ce qui l'étonne, lui, c'est que quelqu'un s'intéresse à eux, à ce pays, que quelqu'un prenne des risques pour étudier le passé de ce pays où le passé ne signifie rien, qu'on puisse renoncer à la paix et à la sécurité et peut-être même à la vie pour ça, et qu'il a l'impression que la présence de l'archéologue les rend meilleurs, il se sent digne d'intérêt malgré tout, pas trop mort, il dit : c'est rassurant, et Gros préférerait qu'il ne soit rien arrivé à l'archéologue, même si c'est lui qui a parlé aux journalistes, il espère qu'il pourra rentrer dans son pays de gens vivants, et Vieux ne peut qu'acquiescer, même s'il ne croit pas qu'il existe des gens vivants quelque part, c'est rare qu'il soit d'accord avec Gros mais peut-être qu'il l'a mal jugé, finalement, il en acquiert même la certitude quelques kilomètres plus loin, à cause d'un chien.

Ils ont repéré une tente au bord de la route. Ils s'arrêtent. Quatre perches et une bâche trouée. Dessous, un vieillard assis sur une pierre. Il tient un bâton entre les mains, un chien dort à ses pieds. Sur une table, quelques fruits à la vente et un couteau en pierre noire. Les fruits sont couverts de mouches.

Un air étonnamment frais vient de sous l'abri. Les ordures ont été balayées sur les côtés. Alentour, pas un village, pas une maison, pas un véhicule. Personne en vue. Seulement le désert.

Le vieillard regarde droit devant lui. Sans la bâche derrière, son visage disparaîtrait sur fond de pierre. Le dernier homme à la fin du monde, attendant qu'un survivant passe.

Gros désigne les fruits par la fenêtre cassée et tend un billet. Il y a longtemps que lui et Vieux n'ont rien mangé.

Le vieillard se lève difficilement. Presque à regret. Il n'a pas regardé Gros, il n'a rien dit non plus. Le chien sursaute quand le vieillard se lève, il bondit sur ses pattes et se met à aboyer en direction de la remorque. Maintenant qu'ils ne roulent plus, Vieux et Gros sentent la puanteur. Le vieillard aussi mais il fait semblant de rien. Comme le garagiste. Pas de questions...

Gros regarde le chien sautiller vers la remorque. Il est tout jeune et il lui manque une patte. Mais il a l'œil vif et semble propre. Il est maigre, lui aussi doit avoir faim, l'odeur le rend fou.

Alors le vieillard se retourne et lui assène un grand coup de bâton sur le crâne. Le chien glapit et s'enfuit en jappant. Il laisse une traînée de sang derrière lui. Les trois hommes le regardent disparaître dans le fossé.

— Pourquoi avez-vous fait ça ? demande Gros au vieillard qui lui tend les fruits.

Le vieillard le regarde finalement. Il a les yeux très clairs, presque blancs. Un bandeau sale couvre une blessure sur son front. On croirait qu'il va hausser les épaules mais ne s'en donne même pas la peine. Que pourrait-il dire ? Qu'on ne pose pas de question dans ce pays ? Un chien qui aboie, c'est comme une question. On tue aussi les hommes à cause de leur chien.

En réalité, il n'a tout simplement pas de réponse. Il n'a de réponse à aucune question. Il n'a pas l'habitude d'en chercher. On ne demande jamais rien à un homme comme lui. On lui donne des ordres. Il n'a de réponse à rien. Il est ce qu'on lui commande d'être. Il survit en silence.

Gros dit au vieillard :

— Vous ne méritez pas cet argent.

Et à Vieux :

— Démarre.

Vieux proteste qu'il a faim. Sur un ton qui n'admet pas la contradiction, Gros rétorque qu'ils trouveront de quoi manger dans la montagne.

Vieux démarre en bougonnant. Le semi-remorque s'éloigne. Le vieillard se tient quelques secondes au bord de la route, ses fruits dans les mains, avant de les reposer sur la table et de se rasseoir sur la pierre. Pas de questions. Les mouches reviennent. Le couteau noir est toujours là. C'est comme ça. Le vieillard n'a plus son chien à ses pieds.

Quelques kilomètres plus loin, Gros répète : je me demande pourquoi il a fait ça ?, Vieux ne répond pas, les kilomètres passent, Gros s'interroge : à quoi ça l'a avancé ?, Vieux ne répond toujours pas, Gros croit qu'il lui en veut parce qu'il a faim, Gros dit qu'il aurait dû prendre les fruits sans payer, ce connard l'a bien mérité, j'avais qu'à tendre la main, c'est bizarre de pas y avoir pensé, après il se tait, se demande pourquoi il n'y a pas pensé et aussi pourquoi il s'en fait tellement pour un chien, combien on en a écrasé depuis le début ?, des chiens errants tout maigres avec des plaies à vif et des pattes en moins, Gros essaie de les compter, quelques-uns, beaucoup, toujours moins que les cadavres qu'ils ont laissés derrière eux, encore que Gros ne sait pas exactement sur combien de militaires ils ont roulé au barrage ni s'ils sont bien morts, il ne trouve pas de réponses satisfaisantes à ses questions et se contente de dire : maintenant, il n'a même plus son chien pour lui tenir compagnie... et c'est alors que la colère de Vieux éclate, une colère qui remplirait des barils d'acide si Vieux était un commandant, des barils et des barils d'acide, suffisamment de barils d'acide pour dissoudre le pays tout entier, du haut des montagnes jusqu'au désert, les routes, les villes, tout, faire disparaître ce pays comme s'il n'avait jamais existé, presque assez pour dissoudre le monde, tout un déluge d'acide sur lequel aucune arche ne pourrait naviguer, Vieux se tourne vers Gros, les larmes aux yeux, depuis combien de temps pleure-t-il ?, Gros était perdu dans ses pensées, et Vieux gueule : c'est quoi que tu veux savoir ?, pourquoi on fait du mal à ceux qu'on aime ?, pourquoi on se fait du mal à soi-même ?, tu sais pas pourquoi, peut-être ?, et Gros voudrait répondre : non, il ne sait pas pourquoi, peut-être parce qu'il n'a jamais aimé assez, il n'a jamais aimé personne suffisamment pour gémir dans son sommeil, jamais aimé personne suffisamment pour lui faire du mal, peut-être sa mère ou sa sœur mais il était trop jeune pour savoir qu'il les aimait, et soudain il se dit qu'il l'a peut-être fait, il leur a peut-être fait du mal par amour, après tout c'est pour venger sa sœur qu'il a tué Patron et s'est enfui, il ne sait même pas ce qui leur est arrivé après ça, comment n'a-t-il jamais cherché à savoir ?, il soupçonne la famille de Patron de les avoir pendues à un arbre et de les avoir laissées là en guise d'avertissement, pour que personne n'oublie, ou quelque chose de pire encore, et même si elles n'ont pas été pendues par sa faute, comme elles ont dû souffrir de son absence !, comme elles ont dû avoir peur pour lui !, et comme elles souffriraient de savoir ce qu'il est devenu, avec ses larmes tatouées au coin de l'œil, Gros se dit que ça vaut peut-être mieux pour elles qu'elles aient fini pendues, comme la fille de Vieux, pour échapper à tout ça, mais dans tous les cas, c'est certain, il leur a fait du mal par amour, même par amour pour le fœtus de sa sœur, c'est possible, ça ?, d'aimer un fœtus ?, les larmes lui montent aux yeux à lui aussi, non seulement parce qu'il leur a fait du mal par amour, mais aussi parce qu'il vient de réaliser qu'il a eu dans sa vie des gens qu'il a aimés suffisamment pour leur faire du mal, c'est comme s'il se découvrait lui-même, c'est comme s'il comprenait la raison pour laquelle il a essayé de sauver sa peau pendant tout ce temps, persuadé qu'il était que cette peau ne valait pas mieux que les peaux des autres, avec ses trois larmes tatouées dessus, alors Gros dit à Vieux : c'est pas en volant cent cinquante-sept cadavres que tu répareras le mal fait à ta fille, il ne sait pas vraiment de quoi il parle, il dit ça un peu au hasard mais Vieux a l'air de se calmer, Vieux ne s'attendait pas à une réponse pareille, il devait s'attendre à ce que je lui pose la question, à ce que je lui demande ce qui s'est passé, pourquoi ta fille s'est suicidée ?, mais non, et ce n'est pas parce que poser des questions est dangereux dans ce pays que Gros ne demande pas, il pourrait poser la question mais à quoi bon ?, les morts sont morts et ce n'est peut-être pas plus mal, alors Vieux dit : les cadavres, c'est tout ce qu'il reste à sauver dans ce pays, les empêcher de brûler ou d'être dévorés par les chiens ou desséchés par le désert, on ne peut rien faire pour les vivants, mais les cadavres…, alors Gros pense à sa mère et sa sœur comme il n'a pas pensé à elles depuis longtemps, il se souvient, il repense à la cabane en moellons avec son toit en tôle et son sol en terre battue, il repense à la hache qu'il louait à Patron et aux étoiles, il se dit que c'est à cause de ce pays-là qu'il n'a pas cherché à savoir ce qu'elles sont devenues, parce qu'il faut toute une vie pour comprendre l'importance d'une mère ou d'une sœur dans ce pays, dans ce monde, que ça ne veut rien dire jusqu'au moment où tu vas mourir, et là tout reprend son sens, tu poses soudain les questions que tu n'as pas pu poser parce que tu étais trop occupé à survivre, tu trouves des réponses, tu t'aperçois que tu n'étais pas seul, que la vraie solitude est devant, au bout de cette route sur laquelle tu n'as pas arrêté de fuir, alors tu cherches le réconfort des morts, et lorsque le semi-remorque commence à grimper à flanc de montagne sur une route qu'ils n'ont jamais prise, abandonnant le désert derrière eux, Gros a l'impression de respirer plus facilement, le passé n'écrase plus sa poitrine sous sa botte, la chaleur, la poussière, le sac en plastique déchiré, Gros aspire l'air comme s'il venait de sortir de la fosse où on l'a enterré vivant, il a creusé et creusé jusqu'à la surface, avec ses mains, alors, épuisé mais en vie, il ferme les yeux et s'endort, et dans son rêve il est couché sur la couchette intacte, les balles ne l'ont pas déchiquetée, quant aux cadavres dans leurs sacs en plastique noir tous pareils, ils sont toujours bien rangés, alignés, parallèles, mais Patron avec son crâne fendu n'est pas là, ni l'adolescent brun avec sa boucle d'oreille, ni le militaire au visage arraché, ni le narco au poumon perforé, pas non plus tous les décapités, il y a seulement sa mère avec son châle sur les épaules et sa sœur avec ses longues nattes et son fœtus dans les bras, elles s'extirpent difficilement de leur sac, comme engourdies d'y être restées si longtemps, ou fatiguées d'avoir tant travaillé, une fatigue que même des années de mort ne suffisent pas à faire passer, Gros s'étonne de les reconnaître car il croyait avoir oublié leurs traits, il se dit qu'elles sont tristes et belles, comme son enfance, encore plus tristes maintenant, après tout ce qui s'est passé, avec ce qu'il est devenu, mais peut-être aussi plus belles à cause de ce qu'il vient de réaliser, il faut du temps pour mettre un nom sur ce genre d'amour-là, l'amour qui libère des sacs en plastique noir, les larmes tatouées au coin de l'œil de Gros se mettent à couler sur ses joues, se diluent dans sa barbe, et bien sûr sa mère et sa sœur aussi ont une entaille sur la gauche de leur poitrine, elles aussi tiennent leur cœur entre leurs mains, et cette fois Gros est bien décidé à accepter l'offrande, ainsi que celle de l'adolescente menue à la peau claire si elle se présente, et quand Gros voit un sac s'agiter dans le fond de la remorque, il se dit que c'est elle, mais non, ce ne sont pas ses petites mains qui baissent la fermeture éclair, ce sont de vieilles mains d'homme, des mains usées sur un volant, des mains qui ont décroché une jeune pendue, des mains qui ont cogné et qui ont tué, des mains dans lesquelles on a beaucoup pleuré : ce sont les mains de Vieux, Vieux qui a l'air tout étonné de se retrouver dans la remorque, finalement, Gros se dit que tout le monde finit dans cette putain de remorque, tout le monde est là, le Commandant aussi finira par venir tôt ou tard, et le Gouverneur n'ira pas à l'étranger ou sur la lune, il viendra dans la remorque, Gros se dit que même Dieu doit être ici finalement, pas possible que Dieu reste tout seul dans la cabine, peut-être même qu'il n'y a jamais été, peut-être qu'il a été dans la remorque tout le temps, à respirer la puanteur dans le noir, à se demander où on va, quand le voyage s'arrêtera, à pleurer de temps en temps, mais alors qui conduit ?, se demande Gros, la question vaut aussi bien pour Vieux que pour Dieu, Gros finit par se dire que personne n'est au volant du semi-remorque depuis le début, ça expliquerait bien des choses, alors Vieux s'avance, lui aussi a une entaille sur la gauche de sa poitrine et son vieux cœur entre les mains, il le regarde comme s'il s'étonnait d'en avoir un lui aussi, comme s'il se demandait ce que c'est et ce qu'il doit en faire, après quoi il regarde à droite et à gauche, tous ces sacs en plastique noir bien rangés, alignés, parallèles, comme s'il pouvait les différencier, comme s'il voyait les visages des cadavres à travers le plastique, et finit par dire à Gros, l'air résigné : elle n'est pas là, c'est toi qui avais raison, ou alors elle se cache, c'est compréhensible, avec ce que j'ai fait, on ne peut pas lui reprocher, j'avais promis mais je ne savais pas comment faire, je l'ai trop aimée, je l'ai mal aimée, c'est triste de vivre dans un pays, dans un monde où on ne sait même pas aimer comme il faut, qu'est-ce que je vais faire de ça maintenant ?, et il tend son cœur à Gros, et quand Gros se réveille, le semi-remorque est à l'arrêt et Vieux est pendu à un arbre sur le bas-côté.

Gros se sent les mains poisseuses du sang des cœurs. Son esprit poisseux de tant de sang patine sur le réel. Il descend à tâtons.

Le semi-remorque est garé en bordure de route sous les arbres. Gros n'en a jamais vu de si hauts. Combien de temps Vieux a-t-il roulé ? Au moins mille ans pour qu'il en pousse de pareils. Écorce tectonique et feuillage volcanique de forêt primordiale. On croirait les colonnes qui séparent la terre et le ciel.

Entre le semi et les arbres, Gros remonte de la fin vers l'origine des temps dans un silence de gestation du monde. Il a l'impression qu'on l'observe.

Vieux s'est pendu à une branche basse avec des câbles d'alimentation. Il a remis sa chemise, comme par pudeur. À ses pieds, quelques plumes colorées. Gros lève les yeux mais n'aperçoit aucun oiseau. Seulement un iguane pétrifié sur une branche élevée. Un iguane gigantesque, couleur du temps, hérissé d'épines, les yeux comme deux âmes en fleur. Gros regarde l'iguane. L'iguane regarde Gros. Gros met l'iguane en joue. Quelques secondes passent. Gros ne tire pas. Finalement, l'iguane disparaît nonchalamment dans les feuilles.

Vieux se balance dans la brise tiède du sous-bois. Il semble flotter. Gros a envie de lui demander : alors, c'est pareil ou pas ?

Il dit :

— Elle était là, tu sais. Elle se cachait dans un sac. Mais elle finira par sortir. Il faudra bien qu'elle le donne à quelqu'un, ce cœur...

— Je ne le mérite pas.

— C'est ce pays qui ne le mérite pas, c'est ce monde, soupire Gros.

Il a rarement regardé Vieux en face. Les autres fois, c'était pour le mettre en joue. Vieux n'a toujours été qu'un profil. Comme les sacs en plastique noir, Vieux et Gros ont été deux hommes parallèles, bien alignés. À vivre la vie de côté. À pisser parfois ensemble.

Maintenant Vieux se balance devant lui. Les yeux à la hauteur des siens. Gros prend son temps pour détailler son visage. Les fossés qui le creusent. Ses yeux comme deux mares dont on a cessé d'agiter les eaux. La boue s'est enfin déposée. Dans l'eau claire, on croirait deviner quelque chose qui brille au fond.

Gros se dit que c'est parce qu'on ne les regarde pas que les gens sont pareils. Il en faut du temps pour avoir le courage d'ouvrir la fermeture éclair.

— Allez, viens. Le voyage n'est pas fini.

Il le décroche. Vieux est léger. Gros le monte dans la

cabine et l'assoit sur le siège passager. Sur le bas-côté, il ramasse le galet le plus poli et le lui met délicatement dans la bouche, comme l'a dit l'archéologue : pour retenir son âme encore un peu.

Il ramène ses genoux devant lui et lui passe la ceinture de sécurité. La mort aussi est un retour.

L'air empeste autour du semi. De grosses mouches mitraillent la carrosserie de nouveaux impacts. Gros s'étonne qu'aucun charognard ne les poursuive. Il n'y en a peut-être pas dans la montagne.

Une voix dit :

— Il y en a partout.

Et une autre :

— Ils arrivent.

Gros regarde autour de lui. Le soleil entre les feuilles enflamme des papillons sur l'asphalte. La route borde la montagne. Tout en bas, à travers les arbres qui couvrent le précipice, le désert ressemble à une peau de reptile écorché mise à sécher au soleil, brillante et lisse vue d'ici, hors d'atteinte de la gueule du lézard monstrueux.

Gros colle son oreille à la remorque.

— Ils arrivent, répète cette voix qu'il ne connaît pas.

Ce n'est pas sa sœur, pas sa mère, pas Patron. C'est un autre des cent cinquante-sept. Gros voudrait continuer la conversation mais l'hélicoptère de l'armée qui survole la forêt ne lui en laisse pas le temps. Il se met au volant et démarre.

La jauge indique de l'essence pour quatre heures, peut-être cinq. Gros se dit qu'il aurait dû profiter de l'arrêt pour pisser. Quelle importance désormais ? La route de montagne sur laquelle Vieux les a engagés est étroite, les lacets de plus en plus serrés. Impossible de faire demi-tour et le semi ne pourra bientôt plus avancer. Une fin au voyage, c'est un soulagement après tant de temps à tourner en rond. La route a une fin, la vie aussi : Gros a le sentiment que les choses rentrent dans l'ordre.

— Et pour les morts ? demande une autre voix dans la remorque.

Gros sursaute.

— Les morts ne devraient pas parler.

— Qui le fera si les vivants n'osent pas ?

Gros réfléchit en essayant de ne pas rater les virages en épingle. Après tout, seuls ceux qui ne craignent plus de souffrir peuvent poser ces questions dont les réponses font mal. Qui d'autre pour témoigner ? La vérité des morts résonne à l'intérieur des remorques, dans les tombeaux, au fond des fossés. Les mots qui ne tuent pas peuvent-ils donner vie ?

— Pourquoi es-tu parti ? demande la voix de sa mère.

— Pourquoi n'es-tu jamais revenu ? demande la voix de sa sœur.

La route est mauvaise, la pente de plus en plus raide. Ils dépassent un buisson de fleurs blanches, ils dépassent un arbre frappé par la foudre dont les premiers bourgeons reverdissent. Gros se concentre pour oublier les pourquoi. Dans les virages, Vieux se penche vers lui avec bienveillance.

— Pourquoi moi ? demande l'adolescent brun avec sa boucle d'oreille et son trou au milieu du visage.

— Pourquoi moi ? demandent un par un les cent cinquante-sept cadavres dans leur sac en plastique noir.

Et tous les autres cadavres aussi :

— Pourquoi nous ?

Gros n'a pas de réponse. Gros voudrait leur dire : pourquoi me demander à moi ? Mais il est vivant et les vivants ne posent pas de questions. Les mots peuvent encore le blesser. Il voudrait répondre car il se sent coupable. Coupable pour la grande famille de ses cadavres et coupable pour la grande communauté de ceux des autres, dans ce pays, dans ce monde, la grande nation des défunts. Les trois larmes tatouées brûlent au coin de son œil comme des gouttes d'acide. Gros se dit qu'il n'a servi à rien de se reconvertir en chauffeur de poids lourds. Qu'on ne se reconvertit pas dans ce pays. Pas de deuxième chance. On réutilise tout, sauf les hommes…

Gros met la radio pour couvrir les voix mais ne capte aucune station. Pas même des chansons d'amour au moment où il en aurait le plus besoin : les serments, les mots qui consolent, les promesses d'éternité. Le vacarme d'en bas ne monte pas jusqu'ici. Peut-être que l'affaire a éclaté, peut-être que le Gouverneur est déjà en route pour l'étranger. Un autre le remplacera. Les routes continueront à tourner en rond dans le désert et les fossés à se remplir sur le bas-côté. Les fosses communes s'ouvrent sur d'autres fosses communes et les déserts débouchent sur d'autres déserts. Gros ne sera plus là pour le voir. Il laisse la radio grésiller quelques minutes avant de se sentir seul et de regretter les voix.

— Vous êtes toujours là ?

Ils quittent l'abri des arbres sur le haut plateau. La route se transforme en chemin, le semi-remorque apprend en cahotant à vivre sans asphalte. La vitesse aussi appartient au monde d'en bas.

Les champs sont couverts de fleurs jaunes. Au passage du semi, des pétales s'envolent. Ils s'agitent dans l'air, comme dérangés par cette intrusion. Gros s'en veut d'avoir troublé la quiétude. Comme un mortel au royaume des dieux, un vivant chez les morts. Il ne devrait pas être là.

En retombant devant le semi, les pétales montrent la voie. Dans la cabine, ils forment des constellations. Vieux en est couvert.

Gros se demande si des cadavres ont déjà voyagé si loin, sont déjà montés si haut. Lui n'a jamais quitté le désert, jamais voyagé jusqu'à la mer. Il n'avait jamais vu non plus la neige qui survit sur ces sommets. Étrange de penser que c'est à ces cadavres qu'il le doit.

— Et les sacrifiés dans les montagnes ? Et la cité des morts de l'archéologue ? dit une voix derrière lui.

— Ceux-là sont morts là-haut, ils n'ont pas voyagé.

— Les morts voyagent aussi loin que les vivants les emmènent.

Les morts de Gros n'ont pas eu de chance. Toute sa vie, ils ont tourné en rond dans le désert avec lui. S'il avait su, il les aurait emmenés loin de ce pays, pour se faire pardonner.

Gros comprend tard sa dette envers les morts, mais combien ne la comprennent jamais ?

Ils longent un lac aux eaux noires. Du coin de l'œil, Gros croit voir nager quelque chose à la surface. Il se retourne mais seuls les nuages du soir sillonnent son miroir fumant.

Le semi grimpe péniblement un promontoire et s'enlise. La route s'est dissoute dans l'air, l'essence s'est évaporée. Là-haut, scintillant dans le soleil couchant, le semi-remorque ressemble à un temple d'or au sommet d'une pyramide.

La Vierge décapitée a cessé de tourner. Gros coupe le contact et descend sans fermer la portière. Il fait quelques pas pour contempler le paysage. Pas de barrière de montagnes ici, au contraire l'horizon plonge dans des précipices infinis par-delà le rebord du monde. Tout se délaie dans l'air limpide. La terre s'érode, le vent couche les herbes, les couleurs se dissolvent. Au loin, les cimes de quelques volcans achèvent de fondre dans les brumes.

Le semi-remorque aussi s'évanouit dans la clarté. Gros en fait plusieurs fois le tour comme on passerait son doigt autour du nombril du monde. On jurerait qu'il accomplit un rituel.

Le soleil disparaît derrière le sommet. Un nimbe rassure encore tandis que le monde d'en bas doit déjà s'être enfoncé dans les ténèbres. Du fond des précipices monte comme un chant. On a l'impression de flotter un petit peu plus haut que le temps.

Gros remarque les motifs gravés sur des rochers que menacent les mousses : de grossières silhouettes qui paraissent danser sous des astres rudimentaires.

— Qu'est-ce que c'est ? demande-t-il à Vieux, comme par habitude.

Vieux ne répond pas, il ressasse sa faute pour l'éternité. Une voix dans la remorque dit :

— Une célébration.

Et une autre :

— On sacrifiait ici.

Et une autre, presque inaudible :

— La mort était une fête. À cette altitude, nos corps n'avaient pas atteint le bas de la colline que nos esprits avaient déjà rejoint les cieux. La communauté renaissait. Les nôtres dansaient. Ils chantaient pour ne pas nous oublier. Au matin, le monde recommençait à tourner.

— À l'époque, on ignorait jusqu'à l'existence des fossés, il n'y avait pas de porcs et pas de barils d'acide, soupire une autre voix.

— On ne sait pas vivre, on ne sait pas aimer, on ne sait même plus mourir comme il faut, finit par susurrer Vieux dans la cabine.

On le comprend mal, à cause de la pierre dans sa bouche.

Gros va à la remorque et ouvre les portes. Ballonné de gaz, le semi-remorque éructe. Un mélange de glace fondue et de liquides corporels se déverse. Comme s'il n'était pas habitué à l'air pur, le semi-remorque dégueule. La terre boit, reconnaissante, toute reverdie de sensations d'autrefois. La gueule noire exhale son haleine putride, son remugle de mort, sa puanteur de fossé, de digestion de désert. Toute une indigestion d'en bas, la nausée de ce pays-là.

Quelques gouttes au coin des portes, les roues éclaboussées de vomi, le semi-remorque à genoux aspire l'air froid.

On dirait qu'il revient à lui. Qu'on sort enfin sa tête des toilettes. Qu'on retire le sac en plastique. Un dernier répit avant le coup de grâce. Gros le laisse reprendre son souffle avant de monter.

Il règne une touffeur de désert. Des macérations de fosse à ciel ouvert. L'indigestion encombre le fond de la remorque. Le plastique luit de bile. Les sacs sont boursouflés de gaz, plusieurs ont crevé. Gros bute sur quelques membres régurgités. Le semi-remorque expire d'une intoxication de cadavres.

Un par un, Gros traîne les sacs à l'extérieur. Il lui faut plusieurs heures pour les sortir et les disposer en cercle autour d'un grand feu qu'il allume pour chasser les insectes qui pullulent autour des corps.

La nuit est tombée lorsqu'il termine. Au pied du promontoire, les fleurs jaunes luisent encore comme les flambeaux d'une foule silencieuse. Le semi achève son agonie paisible. Le monde le veille. Gros brise d'un coup de crosse la dernière vitre de la cabine, ouvre les portières et le capot, crève le réservoir d'huile. Le semi dégorge. La nuit entre en lui. Sa carcasse s'assainira à l'air libre. Deviendra fossile, ruines, momie. Le temps le couvrira de racines. Il sera colline. Un jour, peut-être, les archéologues viendront.

Gros sort Vieux de la cabine et l'assoit contre une des roues du semi.

— Les victimes et les bourreaux, lui dit-il.

Après quoi, il se met à ouvrir les sacs en plastique noir un par un. À ce point, l'odeur ne le gêne plus. C'est l'odeur de son pays, son odeur à lui. À ses débuts, il lui est arrivé de vomir devant un cadavre mutilé. Il n'en est plus là. Personne n'en est plus là. Sans compter qu'à cette altitude, le froid anesthésie et les odeurs s'envolent plus vite délecter l'odorat cruel des dieux.

Gros manipule avec précaution des chairs qui n'opposent plus de résistance sous ses doigts. Même la peau n'offre plus sa dérisoire protection aux corps. La vermine l'a perforée, la moindre pression la déchire. Gros n'est pas habitué à la douceur. Il brise quelques os, un ou deux membres lui restent dans les mains.

Les décapités sont nombreux. La tête de certains se trouve au fond du sac. Gros les assoit et la pose sur leurs genoux. Ils ont dégelé depuis longtemps, la rigidité est passée, on peut leur donner la pose qu'on veut. Gros en choisit de confortables, le dos contre les pierres les plus plates. Pour certains corps démembrés, il fait comme il peut.

La plupart ont les yeux ouverts. Personne ne s'est soucié de les fermer. Gros ouvre ceux des autres, c'est assez d'obscurité. Les flammes les raniment.

Inconsciemment, Gros a placé au premier rang les corps les mieux préservés. Les autres, les torturés, les démembrés, ceux qui ont passé trop de temps dans les fossés restent à la limite du cercle, dans l'obscurité, comme s'ils hésitaient à franchir la dernière étape de leur voyage.

Gros revient s'asseoir auprès de Vieux. Ils ne disent rien. Ils sentent la présence du semi dans leur dos, sa tiédeur. Les autres sont adossés aux rochers, eux à une de ses roues, comme s'ils avaient du mal à l'abandonner. La main de Gros frôle le pneu maculé de tant de sangs, brûlé d'asphalte. Il leur a été un monde, plutôt meilleur que l'autre. C'est comme s'ils lui disaient : nous sommes là, tu peux partir en paix, personne ne mourra plus seul.

Le vent s'est levé. Des chauves-souris farandolent entre les décharnés.

Gros lève les yeux. Le ciel est autour d'eux, ils sont à l'intérieur. C'est peut-être le même que sa mère lui montrait dans le désert, mais plus proche, plus volubile, plus généreux, avec ses étoiles à pleines mains.

Pourquoi même le ciel n'est pas le même pour tout le monde ? se demande Gros.

— Les morts avancent, répond le cadavre d'une vieille femme.

Elle a été décapitée. Au fond du sac, à la place de sa tête, Gros a trouvé celle d'un chien. Il l'a posée sur les genoux de la femme. Petite tête sans poils, toute ridée, les yeux de nuit. Les babines racornies laissent voir tous les crocs. On jurerait que c'est lui qui parle.

— Là-haut, c'est le chemin des morts. Chaque soir, ils s'arrêtent et allument des feux de camp. Ils se reposent des fatigues de la marche et se racontent des histoires du temps où ils vivaient encore. Voilà pourquoi les étoiles changent de place.

Le regard de Gros redescend vers leur feu. Autour, les yeux des cadavres scintillent comme à la veille d'entreprendre un voyage. Au-delà du cercle, Gros devine d'autres yeux dans les ténèbres : des bêtes attirées par la chaleur ou l'odeur. Au pied du promontoire, les étoiles montent aussi des eaux du lac. Et plus loin encore, les phares d'un long serpent de véhicules militaires qui progressent vers eux. Un interminable chemin de fragiles lumières clignotantes…

— Alors, le ciel aussi est une route ?

Derrière lui, le camion se recroqueville comme pour prendre son envol. Finalement, ce n'est peut-être pas la fin du voyage. Peut-être même que le voyage ne finit jamais ?

— Comment t'appelles-tu ? demande Gros à la vieille femme décapitée.

Le chien lui dit son nom. Chacun des cent cinquante-sept cadavres en fait de même. Vieux aussi. Ils ne sont plus des cadavres non identifiés. Il suffisait de leur poser la question…

Ils se mettent à parler des étoiles. Pour le cadavre tout boursouflé d'un noyé, la Voie lactée est une rivière :

— Rien ne lui résiste, elle nous emporte tous, vivants et morts. Dans le courant, impossible de distinguer la rive…

Pour un autre, à qui on a prélevé plusieurs organes, le ciel est un champ de bataille :

— Les étoiles sont les fils du soleil qui veulent prendre sa place. Chaque nuit, il doit les chasser pour se lever à nouveau !

Le vent fait rouler une tête au bas de la colline. Un charognard traîne un cadavre à l'écart pour dévorer son cœur dans le noir. Les autres demandent à Gros d'aller le chercher. Il fait froid hors du cercle. La brume flotte au ras du sol. Gros trébuche contre des pierres coupantes, on croirait qu'il va basculer dans le ciel. Au loin, le serpent des phares se rapproche.

Gros ramène le cadavre d'un enfant poignardé et le rassoit. Les autres sont en train d'évoquer leur vie. Toutes les humiliations, les espoirs déçus, les pertes. Les infimes consolations jamais avouées de peur qu'on les leur vole. Ce soir, les mots ne font pas mal. Les mots ont fait la paix. Une trêve d'une nuit. La guerre reprendra au matin.

Gros voudrait rester à écouter ces histoires. Depuis sa mère, personne ne lui en a raconté. Tout ce temps, c'est comme si personne ne lui avait parlé. Comme s'il n'avait rien dit. Comme si rien ne s'était passé.

Comme s'il n'avait pas pleuré des larmes noires.

— Ils seront ici à l'aube, tu devrais partir, dit Vieux.

— Pour aller où ? Tu sais bien qu'on ne va nulle part…

— Là-haut, le plus haut sommet, la cité des morts de l'archéologue. La dernière communauté…

Gros se lève à contrecœur. Il remet en place quelques cadavres qui s'affaissent, rajoute du bois dans le feu, passe l'arme de Vieux et la sienne à sa ceinture. Il s'éloigne, fait quelques pas dans l'obscurité, revient s'accroupir avec eux.

Le monde est trop froid et trop noir.

Il a le choix. Une balle et il devient l'un des leurs. Une balle, ce n'est pas cher payé pour un peu de fraternité. Il s'imagine dans un sac en plastique noir bien propre, aligné avec les autres, parallèle, bien rangé. Les militaires feront probablement un grand brasier pour les brûler, et le semiremorque avec. La première étoile. Gros ferait sous forme de fumée le même chemin qu'il s'apprête à faire. Son corps est gros, les cendres sont légères. Il est fatigué, il a beaucoup conduit et beaucoup tourné dans le désert. Il se dit qu'il ferait mieux de choisir lui-même quand s'arrêter. La fuite en avant n'existe pas, c'est toujours le même cercle. Là-haut, les étoiles aussi tournent en rond.

— J'aimerais vous emmener avec moi, soupire-t-il en se relevant.

— Tu nous emmènes.

Gros caresse les trois larmes au coin de son œil. Il sort du cercle et monte vers le ciel.

En septembre 2018, un semi-remorque contenant cent cinquante-sept cadavres a été retrouvé sur un terrain vague près de Guadalajara, au Mexique. Les morgues étaient pleines, les cimetières aussi, la loi mexicaine interdit la crémation des victimes de morts violentes : les autorités n'avaient trouvé que cette solution pour conserver les corps.

Certains attendaient d'être identifiés depuis plus de deux ans. Le semi-remorque avait été déplacé trois fois avant d'être oublié sur ce terrain vague où l'odeur a attiré les voisins. C'est le point de départ de ce roman.

DU MÊME AUTEUR

LA VESPASIENNE, Albin Michel, 2018.
MONARQUES, Albin Michel, Paris, 2015 (coécrit avec Juan Hernández Luna).
MÉLANCOLIE DES CORBEAUX, Actes Sud, Arles, 2011.
LA LOI DE L'OUEST, L'Atinoir, Marseille, 2009.
LE LINCEUL DU VIEUX MONDE, L'Atinoir, Marseille, 2008.

DANS LA MÊME COLLECTION

SHELBY FOOTE, September September
RON RASH, Un silence brutal
WILLIAM GAY, Stoneburner
HERVÉ PRUDON, Nadine Mouque

Direction artistique : Anne Lagarrigue
Maquette de couverture : Martin Corbasson

Composé en Greta Sans, Caponi Text et Times Europa
Achevé d'imprimer en décembre 2019
Imprimeur : Normandie Roto s.a.s.
N° d'imprimeur : 1905748
Dépôt légal : décembre 2019

ISBN : 978-2-07-287057-6

359576

LA NOiRE

LA NOiRE
LA NOiRE
iRE
LA NOiRE
A NOiRE
LA NOiRE